笑う奴ほどよく盗む

占い同心 鬼堂民斎④

風野真知雄

祥伝社文庫

もくじ

李《り》朝《ちよう》のド壺　7
犬の川柳　45
お奉行を占う　77

家紋屋とはなんだ 117
犬の妻 149
歯が黒い男 189
笑う奴ほどよく盗む 229

目次イラスト／熊田正男
目次デザイン／かとうみつひこ

李朝《りちょう》のド壺

一

このところ、隠密同心《おんみつどうしん》の鬼堂民斎《きどうみんさい》は、易者仕事のほうでは色恋沙汰《いろこいざた》の相談ばかり相次いで、いささかうんざりしていた。

「あの人といっしょになったら、幸せになれるでしょうか？」

いっしょになりたきゃ、なれ。それが幸せだと思え。

「あたしのことが好きみたいなのですが、本気なのでしょうか？」

自分で訊《き》け。

「大酒飲みで、バクチ狂いで、吉原《よしわら》が大好きな男を好きになったのですが、わたしは馬鹿でしょうか？」

はい、大馬鹿です。

こんなのばっかりである。

もちろん、じっさいにはもっとやさしい口調で答えてやるが、そんなこと、てめえで考えろと言いたくなる悩みばかりだった。

しかも、将来ある若い男女ならまだしも、色恋よりもあの世のほうが切羽《せっぱ》詰まっているだろうというような年寄りだったりするのだから、呆《あき》れ返ってしまう。

まったく鬼堂家の周辺は異常なできごとが頻発《ひんぱつ》しているというのに、世の中はいったいどうなっているのだろう。この能天気ぶりや乱脈ぶりが、天罰の前触れのような気がして逆に怖い。

今日は神田川《かんだがわ》に架《か》かる和泉橋《いずみばし》の北側のたもとに座った。ここらは川沿いは町人地だが、ちょっと奥のほうに入ると、大名屋敷だらけである。

「あのう」

と、若い武士が民斎の前に立った。
二十四、五といったところか。いい身なりをしている。羽織袴《はおりはかま》には金糸銀糸がふんだんに使われ、まばゆいほどである。
こんな身なりのいい客は滅多《めった》に来ない。旗本でもかなりの大身《たいしん》、下手《へた》したら大名の子弟あたりではないか。

少し離れたところに、供の者らしき男が一人。こっちは齢《よわい》五十ほどで、若いほうと違って悪人の相をしている。

「なんですかな?」

民斎はつい身構えながら訊いた。

「ちと、変わった相談なのだが」

「変わった女に惚《ほ》れたとか？」

たとえばおみずのような。

「いや、そうではない。じつは、これなのだが」

と、たもとから白い壺《つぼ》を出した。

「壺に見えますな」

「当家に代々伝わるもので、李朝《りちょう》の壺と言われている」

李朝というと、李氏朝鮮《りしちょうせん》のことだろう。高さは五寸《すん》（約十五センチ）ほどの小さな壺である。青味がかった白の美しさと、とっくりかもしれないそのかたちはすらりと均整が取れ、やさしげである。これが人間の女ならまれに見る美人で、そこらになにげなく置いてあっても目立つ品であることは間違いない。

「ほう、けっこうなお宝ですな」

「ただ、これは贋物《にせもの》だと言う者も多い」

「まあ、こういうものは見る目がないと難しいですからな」

「らしいな。周囲に訊いても、本物という者と、贋物だという者がほぼ半々の割合になる」

「なるほど」

「それで、占い師に観《み》てもらったほうがいいかと思ったのだ」

「つまり、わたしに？」

民斎は自分を指差した。

「そう。そなたに」

武士は民斎を指差した。

「わたしがわかるのは、人間の善し悪し、それと物が古いか新しいかくらいはわかりますが、骨董《こっとう》となると……。それはわたしより骨董屋に訊いたほうがよいのでは？」

民斎は自信なげに言った。じっさい、焼き物を見る目などあるわけがない。

「世の中に、骨董屋くらい信じられない者はおらぬぞ」

「ははあ」

「あいつらは儲《もう》けのことしか考えていない。本物のときはできるだけ安く仕入れるため、贋物だの、本物だが年代は古くないだの、いろんなことを言う。そのくせ平気で贋物を売りつけてきたりする」

「そういう奴《やつ》はいますな」

民斎はうなずいた。

だが、骨董などというものに夢中になる奴は、そもそも騙《だま》されてもいいような奴が多い気がする。自分の人間性はかなりうさん臭いくせに、やたら品格がどうのこうのなんてことをのたまう。貧乏同心の側からしたら、大いに騙してやって欲しいくらいの連中である。

しょせん、あそこは狐《きつね》と狸《たぬき》の化かし合いではないか。

「それよりは、この骨董が本物か贋物かを、易者に占ってもらったほうがましな気がしたのだ」

「見事なご決断ですな」

と、民斎は膝《ひざ》を打った。

だいたい、たかが壺に、なにが本物で、なにが贋物なのか。どっちも水が洩《も》れたりしなければ、充分、本物ではないか。

「観ることはできるのか？」

と、若い武士は訊いた。

民斎、面白くなってきた。骨董の知識はないし、夢中になる奴の気もしれないが、首を突っ込んで関わってみたくなってきた。好奇心熄《や》みがたく、というやつである。

「もちろんです。壺には壺相というのがございます」

民斎は自信たっぷりに言った。

「壺相？」

「はい。焼き物には、焼き物相が」

「驚いたな」

もちろん、そんなものがあるわけはない。たったいま口から湧《わ》き出たでまかせである。

「ただ、この手の相は判断が難しく、一日ではわからない。二日にわたる相の動きを観て判断します」

「そりゃあ大変だな」

「いま、観て、また明日、持って来られますか？」

「大丈夫だ」

そう言って、若い武士はちらりと供の者を見た。供の者がうなずく。

「では、拝見」

天眼鏡《てんがんきょう》を近づけ、じっくり観た。

「いい、光ですな」

「そうか」

「無数の蛍《ほたる》を閉じ込めたようだ」

そんなわけがない。

「蛍ねえ」

「安っぽい贋物でないことは確かですな」

「ほう」

「たとえ贋物にしても、焼いたのは素晴らしく腕のいい職人だったでしょう。朝鮮までは行かなくても、壱岐《いき》とか、佐渡《さど》とか」

距離の問題かよ、と内心、自分で突っ込みを入れた。

「期待できるかな」

「それで、本物だったらどうするのです?」

若い武士は、さりげなく周囲を見て、

「売れたら売るよ」

と、小声で言った。

「売るんですか?」

「手元不如意《ふにょい》というやつでな」

「贋物だったら？」

「しょうがない。もどしてうっちゃっておくさ」

「なるほど」

「では、明日また持って来よう」

若い武士は、なんだか誰かに聞かせたいみたいに、やけに大きな声で言い、壺を持ち帰った。

見送っていた民斎は、

——ん？

思わず身構えた。

なにか、独特の身のこなしをした者が、民斎の前を通った気がしたのである。

二

明日、また来いと言ったのには訳がある。

民斎は李朝の焼き物を見ておこうと、祖父の順斎《じゅんさい》がいる八丁堀《はっちょうぼり》の役宅へ向かった。

ここには、本物の壺がいっぱいある。ここでしっかり見ておけば、真贋《しんがん》の見当くらいはつくかな、と思ったのである。

なぜ、順斎は朝鮮の焼き物などを多量に持っているのか。

壱岐のあたりというのは、昔から朝鮮との貿易の船の通り道になっている。ところが遭難もけっこうある。

その遭難した船に積んであった陶器《とうき》や磁器《じき》を拾い上げたものを、鬼堂家の先祖由来《ゆらい》の壱岐から、安く買い占めてきたらしいのだ。

順斎が暮らす地下室に入ると、

「よう、民斎。どうした？」

今日もなにやら怪《あや》しげな書物を読んでいた。

この順斎と、十年近い旅路から突然戻ってきた、おみずの亭主である高畠《たかばたけ》主水之介《もんどのすけ》とは、一度、会わせるべきだろう。高畠は鬼道《きどう》を真面目《まじめ》に研究している、学者のような男である。二人の知識を付け合わせると、鬼道についてかなりの真実が明らかになり、鬼堂家が抱えている面倒ごとも解決できるのではないか。

「うん。お宝の焼き物を見せてもらおうと思って」

「やらんぞ」

「要《い》りませんよ、そんなもの」

民斎は、手元に面倒なものは置きたくない。物欲は自分でも驚くほどに薄い。

「凄《すご》いな。改めて見ると、こんなにいっぱいあったんだ」

壺だけではない。皿もあれば、茶碗《ちゃわん》もある。真っ白いものだけでなく、模様が入っているのも多い。

「李朝の焼き物は集め出すと、つい夢中になってしまうのだ」

順斎は今でも収集を続けているようだ。

「たいしたお宝だね」

「馬鹿者。そこの水晶玉の価値に比《くら》べたら、これらのお宝など足元にも及ばないわ」

例の水晶玉を指差して言った。

今日はとくに光る罅《ひび》もなく、穏《おだ》やかな春の日のような輝きである。

「だが、朝鮮の焼き物には、贋物も多いらしいぞ」

と、民斎は仕入れたばかりの知識を語った。

「江戸ではだろう」

順斎はこともなげである。

「壱岐にはないのかい？」

「当たり前だ。誰がわざわざ危険な目を冒《おか》して贋物を運んで来る？」

「そりゃあそうだ。でも、贋物の見分け方というのはあるのかい？」

「どうかな。わしのように、毎日、朝昼晩と本物を見、本物で飯を食ったり、茶を飲んでいれば、わかるのではないかな」

そんなに悠長なことはしていられない。

「一日で身につく真贋判別法はないの？」

「あるか」

軽く一蹴《いっしゅう》された。

といって、順斎を連れて行って見てもらうのは無理である。なにせこの地下室から一歩も出なくなってしまったのだ。

順斎は諦《あきら》めて、尾張町《おわりちょう》の裏手にある〈ちぶさ〉に向かった。

壱岐にも行ったことがあるという高畠主水之介なら知っているのではないか。

おみずは平田源三郎《ひらたげんざぶろう》とは別れ、行方不明だった亭主とよりをもどしたらしい。

　まったく、適当というか、図々しいというか、だが、あの変わり身の速さこそ女の代表と言えるのではないか。

　平田は別れたくないと、けっこう愚図《ぐず》ったらしい。いつも強気な平田がそんなふうになるところを、ぜひ見てみたかったものである。

〈ちぶさ〉に入ると、店にはもう早い客が来ていて、おみずはその相手をしていた。高畠は調理場の隅《すみ》に、客から見えないように座って、本を読んでいるところだった。

「高畠先生」

　そう呼んだほうが機嫌がいい。

「よう、民斎さん」

「ちょっと訊きたいことがありまして」

「なにかな」

「李朝の磁器というのがあるでしょう」

「ああ。茶人に好まれるものだな」

「本物と贋物の見分け方ってのはわかりますか?」

「李朝の贋物はたいがいわが国でつくられているみたいだぞ」

「そうなんですか」

「見分け方は難しいと言われるが、自分がこれを十両《りょう》から二十両ほど出しても買いたいか、じいっと見つめるのだ」

「ほう」

「それだけ出しても、どうしても欲しいと思うようなら本物だな」

高畠は自信たっぷりに言った。

三

翌日——。

民斎が昨日と同じく和泉橋のたもとに座っていると、昼過ぎになって、若い武士はやって来た。昨日の供の者もいっしょである。

ところが、なにやらもじもじしている。

「持って来たのでしょ?」

と、民斎は訊いた。

「持って来たが、思いもよらない事態になってしまった」

「どういう事態です」

「これ」

と、武士は左手を見せた。

人差し指の先に例の壺を嵌《は》めている。

「あるじゃないですか」

「あることはある」

「では、見せてください」

昨日、高畠に教わったやり方で、適当に勘《かん》で鑑定するつもりだった。二十両。それで買う気が起きるかどうか。

民斎は自分では欲しくないので、今は一途《いちず》に惚《ほ》れている亀吉姐《かめきちねえ》さんに贈りたくなるかどうかで判断することにした。だが、武士は、

「抜けないのだ」

と、情けない顔で言った。供の者はうんざりしたような顔をしている。

「え？」

「持ち出すときにこれを風呂敷に包み、家の者には見られないようにしたのだ。ところが、どういうもののはずみか人差し指をなかに入れてしまい、抜こうとし

ても抜けなくなってしまった」

「え？　どれどれ」

見ると、指の付け根まですっぽり嵌まっている。

「ほんとだ」

「だから言っただろうが」

「わたしが引っ張ってみましょうか？」

「無駄だ。もう何度も試している」

「どれどれ」

民斎が引っ張った。たしかに完全に嵌まり込んでいる。

「痛い、痛い！」

武士は悲鳴を上げた。

「ちょっと右手の指を見せてください」

「こうか」

左右の指のかたちは、そうは違わない。

「うわぁ」

この男は関節のところがやたら膨《ふく》らみ、先のほうが根元より太いという、バチ形の指なのだ。これがすっぽり嵌まってしまったら、まず抜けない。

「とりあえず、占ってくれ。これが本物かどうか」

「贋物だったら？」

「もちろんすぐに割るさ」

「だが、本物だと？」

「自然に抜けるまで待つか……」

「指のほうを切るかですな」

そう言って、民斎は思わずぷっと噴《ふ》き出してしまった。

「あ、笑った」

「いやいやいや」

笑うなと言うほうが無理だろう。

笑いを押し殺し、天眼鏡を壺に向けた。

これに二十両を出せるか……なんか出してもいいような気がしてきた。

昨日、順斎のところで見た本物の数々とも比べて見る……やはり遜色《そんしょく》はない。

「どうだ？」

「これは、本物ですな」

と、民斎は言った。

結局のところわからないのだが、そう言ったほうが面白い。

「嘘《うそ》をつけ」

「嘘などではござらぬ。出す人なら五十両から百両出しても惜しくないでしょう」

それは明らかに嘘である。

「うわぁ、参ったな」

「指をすっぽり切らなくても、わきを切って血を出してみたら?」

「他人事《ひとごと》だと思って、そんなことやれるか」

若い武士はぶつぶつ言いながらゆっくりもどって行く。ときどき、ちらちらとわきを見たり、後ろを振り向いたりしながら……。

四

そのとき——。

ふたたび謎の気配がした。このあいだといっしょだが、その気配はもっと強い。数が増えているのかもしれない。

橋の中ほどでたたずむ者。舟を寄せている船頭。歩いている人たち。

すばやく視線を飛ばす。

ふくろうの福一郎《ふくいちろう》が来ていた。河岸《かし》のところに大きな柳の木があり、そのなかで鳴いたのだ。昼間にこんな遠くまで来てくれるのは珍しい。

「ほっほっほう。ほっほっほう」

危機を告げている。

これはなんなのか。

また、永きにわたる確執のある波乗《なみのり》一族のことで動きがあったのか。

すると、少し離れたところにあった駕籠《かご》の中から、若い女が出て、急ぎ足でこっちにやって来た。いっしょに供の者と駕籠かきも付いて来る。

供の者の歩き方は、忍びの者のようでもある。こいつらが気配の正体だったようだ。

「易者。いまの者はなにを相談した?」

いきなり若い女が訊いた。きれいだし、頭につけたかんざしも豪華だし、どう見ても、姫と呼ばれる人のようである。

「なにを？」

民斎はとぼけようとした。せめて、あの武士の後ろ姿が見えているあいだは、とぼけ通したい。

「早くお言い」

女はまたしても偉そうに言った。

この一味の頭領は女なのか。供の態度も威圧的である。民斎はとぼけるのを止めた。

「客の秘密は言えぬな」

「なんですと？」

「むしろ、客は守らなければならぬ」

「生意気な易者めが」

「わしの客を、わしが見ているところで襲ったりするのは許さぬ」

「なにを言うか」

「運命が変わると、わしの易が読めなかったことになるからな」

民斎は台の上に置いていた筮竹《ぜいちく》を数本、両手で摑《つか》んだ。手裏剣《しゅりけん》がわりに使えるようにするためである。

女のわきにいた供の者も気配を察し、一歩下がって刀に手をかけた。

こんな人通りの多い場所の、昼下がりに、いきなり乱闘が始まりそうになったそのとき、

「おいおい、なにやら物騒だぜ」

また一人偉そうな男が割って入った。

「なんと、平田さん」

民斎がそう言うと、

「おや、平田どの」

女も言った。

南町奉行所の与力、平田源三郎の登場である。上役であり、鬼堂家を追いやった桃太郎派の子孫である。まさか、この男が関わって来るとは、民斎も予想だにしなかった。

「鶴《つる》姫さま」

平田はそう言って、女に頭を下げた。

やはりどこぞの姫さまらしい。

「ほうほうほ」

福一郎の鳴き声が穏やかなものになった。危機は去ったのだろうか。

「お屋敷に伺《うかが》いましたら、外に出られたというので追いかけてまいりました」

と、平田は言った。

「そうでしたか。ちと、急用ができまして」

「だが、なぜ、この男と？」

と、平田は民斎を指差した。

「わらわもわかりません。ただ、松太郎《まつたろう》さまの後を追おうとしたら、邪魔をするみたいでしたので」

「松太郎さまの……」

「何者ですか、この男は？　腕も立つようですが」

「これは、わたしの手下ですよ」

「そうなのですか。怪しい者ではないのだな」

姫はいかにも見下すように民斎を見た。

「ううっ」

手下なんかじゃないと言えない自分が哀《かな》しい。せめて、奉行所ではと言ってもらいたい。全人格がこいつの手下だったら、生きる気力を失《な》くす。

「ここはひとまず、わたしに」

平田がそう言うと、

「平田どのが関わってくれるか」

鶴姫は安心したような顔になった。

「わかったことはあとでお報《しら》せします」

「では、屋敷に来てください」

姫たちは駕籠のほうへ引き返し、向柳原《むこうやなぎわら》の奥のほうへ向かうようだった。

五

「どういうことだ？」

と、平田が近づいてきて訊いた。

「ううっ」

民斎は思わず顔を逸《そ》らした。

一度は消えていた口臭がもどっていた。おみずと別れたからだろう。しかも、前よりひどくなっている。

だが、平田は他人の顔色の変化などいっこうに気にせず、

「え？　なんで、お前が若殿の肩を持つ？」

と、しつこく訊いてきた。

「若殿とか言われましても」

やはりそういう身分の男だったらしい。

「なんだ、知らないのか？」

「単なる客ですから」

「いまは藩名を明かすわけにはいかぬが、鶴姫さまは某二万石の姫さまで、お前が助けようとしたのは養子に入って来た某藩の三男だった松太郎さまだ」

「そちらは何万石です？」

「それは言えぬ」

何万石と言えば、すぐにわかってしまうような、つまり相当な大藩《たいはん》なのだ。

「では、藩主？」

「いまは当代が存命だが、やがては藩主となるお方さ」

「つまり、いまの姫と松太郎さまは夫婦《めおと》同士？」

「そうだ」

「奥方が夫の後を追う？」

なんのことか、訳がわからない。しかも、姫に付いていたのは、明らかに忍びの者たちだった。

「いいから、なんで知り合ったのかを先に言え」

平田は偉そうに言った。

「だから、昨日、占ってくれとここに客で来たのです」

「なにを占えと？」

「李朝の壺が本物か贋物かを」

「李朝の壺を……」

「屋敷から持ち出したんじゃないですか。金にしようと思って」

「まったく、あのお方は聞きしにまさるうつけなのか」

「それで占って差し上げたわけですよ」

「そんなもの、骨董屋に訊けばいいだろうが」

「わたしもそう言いましたよ」

「それで？」

「昨日、持って来たが、わたしも判断がつかない。それで一日、勉強してから鑑定しようと思って、また今日も来るように言ったのです」

「そしたら、また、来たのか」

「ええ。どうも、後をつけられたりしているのは、わかっているみたいでしたよ」

「そうなのか。なんだろうな。やっぱり、ただのうつけではないのかな」

平田は考え込んだ。

どうやら松太郎のことで、すでに相談でもされていたようである。

民斎は、平田がものを考えるときの馬鹿面《づら》を見ながら、すばやく筮竹を分け、八卦《はっけ》を占った。

松太郎の性格をざっと占ってみたのだ。

すると、軽薄で、悪人ではないが裏切るのは平気で、堅苦しいのが駄目《だめ》といった性格が出た。

これで松太郎の思惑《おもわく》が見えてきて、

「ふっふっふ、なんでしょうな」

民斎は嬉《うれ》しそうに笑った。

「あ、お前、なにかわかったのだな?」

「あ、いえ。そんなことは」

「いや、ぜったいわかったのだ。おい、民斎、教えろ。教えたほうがいいぞ」

明らかに脅《おど》しである。

「どういうふうにいいんですか？」

「小石川養生所廻り《こいしかわようじょうしょまわ》の同心が、身体の具合が悪いので、隠居したいと言っている。すると、誰かで補充しなければならないだろうな」

「げっ」

そんなところに回されたら、江戸の町を易者として見回ることはできなくなる。それどころか、毎日、病人や年寄りの相談に乗ってやらないといけないかもしれない。

「誰かがやらなくちゃならない仕事だ」

「わかりましたよ。わたしが思うに、こんなところではないでしょうか。かなり家格の高い大名の三男・松太郎君《ぎみ》が、家格は低いが財力豊かな大名家に養子に来たわけです。松太郎君というのは、軽薄な性格で、好き放題の贅沢《ぜいたく》ができるのではないかと期待したが、まったくそんなことはない」

「そりゃそうだ。あそこは厳しく律してきたからこそ、いまのような豊かな藩になったのだ」

「三男でいたときは、松太郎さまも適当に外をふらふらできたのでしょう。だが、今度は厳しく監視までされている。まるで見込み違い。こんなことなら、三男のまま遊んでいたほうがいいと思ったのではないでしょうか」

「弱ったものさ」

平田は自分の遊び好きは棚《たな》に上げて言った。

「そこで、屋敷の床の間にでも飾ってあった壺を持ち出し、売って金にしようとしているが、後をつけられているのに気づき、ごまかすためわたしに声をかけて来たというわけです」

「なるほど」

「弱った若殿ですな。いまからでも離縁させたほうがお国のためじゃないですか」

「それはわしもそう思うが」

「では、そういうことで」

と、帰ろうとすると、

「民斎。わしを舐《な》めるなよ」

平田がドスを利《き》かせた声で言った。

六

「舐めるってどういうことですか?」

と、民斎は訊いた。

「それならただの馬鹿殿話だろうが」

「違うんですか?」

「大名家の婚姻なんてのは、おれたちとは訳が違うんだ。もっといろいろ思惑に充《み》ちているんだ」

「そうかもしれませんが」

民斎の婚姻だって思惑たっぷりだった。だからいま、訳のわからないことになっているのだ。

「ごまかすなよ。お前のことだ、もっと深いところまでわかったはずだ」

平田は珍しく裏読みをしているらしい。

「それにしても、平田さまはなぜ鶴姫さまの支援を?」

民斎は訊いた。

「それはよくわからん。お奉行に頼まれたからだ」

「お奉行に？」

南町奉行・矢部駿河守《やべするがのかみ》は、高畠主水之介の説によれば、たしか桃太郎《ももたろう》派だったはずである。やはり、平田は幕府の中枢と強く結びついているらしい。

「それで、若殿の藩というのは？」

「大きな声では言えぬが、南国の某大藩だ」

「南国ねえ」

何万石から大藩というのかは知らないが、かりに五十万石と言えば、押しも押されもせぬ大藩だろう。だが、五十万石を超える藩は、全国に六つしかない。しかも、そのうち御三家《ごさんけ》である尾張《おわり》と紀州《きしゅう》を抜いたら、加賀《かが》の前田《まえだ》、薩摩《さつま》の島津《しまづ》、仙台《せんだい》の伊達《だて》、肥後《ひご》の細川《ほそかわ》と、この四藩だけである。

薩摩と肥後。これはおそらくどちらも波乗一族がくっついた黒潮《くろしお》派と言っていいだろう。

「まあ、大名家なんてとこは、いろいろ思惑がありすぎて、混乱しちゃってるからな」

平田はそう言ったが、平田ほどは混乱していない。

たとえ松太郎が馬鹿殿でも、その背後には実家の江戸家老だの用人《ようにん》だの、頭の切れる奴がいて筋書きをつくっているのだ。

——ここはやはり、ほんとのところを教えてやったほうがいい。

民斎はそう思って、

「松太郎さまがすることは、その大藩の江戸家老だの用人あたりにはお見通しだったでしょうな」

と、言った。

「どういうことだ？」

「だから、松太郎さまの性格で、鶴姫さまの婿《むこ》になれば、堅苦しさに、うんざりしてくるだろうと」

「それはそうだ」

「そして、こんな厳しい家の跡継ぎになるくらいなら、この家の秘密を摑んでから、実家にもどったほうがましと考えるだろうと」

「なんと、そこまで先読みするのか？」

「現に松太郎さまはそうしているのです」

「どういうことだ？」

顔が変わっている。

ようやく平田は、事態の深刻さに思い至ったらしい。

「では、お教えしましょう。若殿はこづかい稼ぎで壺を持ち出そうとしましたが、供の者は別のものを持ち出したかったのです」

「え？」

「指が抜けなくなったというのは本当でしょうが、肝心なのは中身」

「そうなのか」

「軽率な若殿を利用し、供の者がなにか大事なものを運ばせようとしたのです。それはたぶん、屋敷内で見つけた書付のようなものでしょう。そしてそれを養子先には知られないよう、若殿の実家の密偵に中身を渡そうとしているのです」

「あ」

「昨日もそうしたかったが、養子先の家来たちに見張《みは》られていたので、たまたまいたわたしのところに来て、ごまかしたのですよ」

「では、李朝の壺うんぬんは、どうでもいい話だったのか」

「そういうことです」

民斎もうなずきながら、けっこう真贋について本気になってしまったのに、内心、苦笑いしていたのだった。

七

それから十日ほど経《た》って――。

深川《ふかがわ》の小名木《おなぎ》川に架《か》かる高橋《たかばし》のたもとにいた鬼堂民斎の前に、

「よう、易者」

と立った男を見て、内心ぎくりとした。

「これは、あのときの」

「ああ」

「なぜ、ここに？」

「すぐそこに、わしの養子先の中屋敷があるのだ」

と、松太郎は後ろを指差した。

「そうでしたか」

「李朝の壺を見てもらったよな」

「あ、指は取れましたか？」

「あのあと、屋敷にもどってから、家来たちに囲まれてな」

「どうしました？」

「指が腐ると大変だから、割れと責められた」

「そりゃあそうでしょう」

「本物だから勿体《もったい》ない。割らなくても、自然に取れるまで待とうと言ったのだが」

「割られたのですか」

「ああ。そしたら、中になんだか書付みたいなものが入っていた」

「へえ」

民斎が思ったとおりである。

「書付ってなんですか？」

「知るものか。それでわたしは屋敷からなにかものを持ち出すのを禁じられてしまった」

「そりゃあそうでしょうね」

「だが、実家から付いてきたうるさい家来もいなくなった」

「ほう。なぜ？」

「知るもんか。こっちの用人と合わなかったんじゃないのか」

と、若殿は暢気《のんき》な口調で言った。

それは、書付を見つけ、若殿がのそのそと外に行くのを見込んで、床の間の壺に隠したりしたことがばれたからである。

松太郎の実家から密偵がわりに付いてきた家来が、消されたということなのである。

書付の文面はこの際、どうでもいいだろう。他人の家の秘密なのである。

平田や奉行の矢部駿河守たちは、とりあえず勝利したのだ。

「うるさい奴でな。この前も、そなたに声をかけて、李朝の壺の真贋について占ってもらえとか言っていたのさ」

「そうでしたか」

「なんだか、さっぱりわからないよ」

知らないのは、あんただけだよと言いたかったが、もちろんそんなことは言えない。

「うるさい家来もいなくなったが、わたしもそろそろ落ち着かないとな」

若殿は神妙な顔で言った。

「そうですよ」

「こうやって、養子先に取り込まれていくのだろうな」

「それも運命というものでしょうな」

と、民斎は言った。

本来、別々の血統や思惑を持つ者同士が、婚姻というかたちで結びついた。だが、高畠も言っていた。結局は、混じり合ったりしていくのだと。

それがまさにこの世というものだろう。

「それで、養子先でやって行くとしてだな。わしの妻となった姫は、顔は美人だが、ちと問題がある」

「なんでしょう?」

「口が臭いのだ」

「ははあ」

やはり平田と同じ系統なのだ。

そして、この若殿もまもなく強烈な毒素にやられ、尻に敷《し》かれていくに違いない。それはそれで気概《きがい》に欠けた若者には幸せな暮らしかもしれない。

「姫には、注意してやったほうがいいと思うか？　それともこのまま我慢して慣れるのを待つべきか？」

若殿は真面目な顔で言った。

「ちと、お待ちを」

と、八卦見で占った。

ちゃんとそうだろうと思える答えが出たので、民斎は重々しい口調で言った。

「それくらい辛抱《しんぼう》なさい。言ってはいけません。逆に、臭わなくなったら、あなたが不幸になりますよ」

犬の川柳

一

「江戸はやっぱりたいしたもんだな」

おみずの亭主の高畠主水之介が言った。

「なにがです？」

と、鬼堂民斎は訊《き》いた。

ここは木挽町《こびきちょう》の湯屋である。朝湯に来たところで、湯船のなかで鉢合《はちあ》わせした。

「ほら、前句付《まえくづ》けだよ」

「ああ、はい」

雑俳《ざっぱい》、川柳《せんりゅう》と呼ばれるやつである。前句と呼ばれる七・七の下《しも》の句を先に選んで、これに五・七・五の部分となる付句《つけく》をつける。たとえば、「運のよいこと運のよいこと」という前句を出題して上《かみ》の句が募集され、有名な「役人の子はにぎにぎをよく覚え」という付句が入選した。

いちばん人気のあった選者が柄井《からい》川柳で、応募数はしばしば一万句を超え、入選句を発表する『誹風柳多留《はいふうやなぎだる》』も爆発的な売行きとなった。

だが、川柳の流行はいまに始まったことではない。五十年以上前からつづいていることで、高畠がいまさらそんなことを言うほうがおかしい。

「島のほうじゃやらないのですか？」

と、民斎は訊いた。

高畠は、おもに島を巡《めぐ》って来た人なのだ。

「ないな。教えればやりたい者もいるのだろうが、教える者もいなければ、刷《す》りものにして発表する手段もない。それに、天然に囲まれた島の暮らしそのものが、あまり川柳のネタにはならない」

「ははあ」

たしかに、あの川柳に詠《よ》みこまれる光景は、あまりにも人間臭い暮らしからこそにじみ出る、おかしさなのかもしれない。

だが、天然のなかにだって、おかしみのあることはいっぱいあるのではないか。やはり人の数が少ないと、前句付けという商売も成り立たないのだろう。

「しかも、江戸は人だけじゃない。犬も川柳をつくる。たいしたもんだ」

「………」

民斎は湯船のなかで思い切り手足を伸ばした。

いま、高畠は妙なことを言った。

それが、あまりにも妙な話で、すっと頭に入らず、耳の周りをぐるぐるしている。

「いま、なんと?」

民斎は訊き返した。聞き違いかもしれない。江戸では犬も、ぜんざいを食べる、と言ったのかもしれない。

「だから、江戸では犬も川柳をつくると言ったのさ。たいしたもんだ」

「いやいや、犬は川柳をつくれないでしょう」

と、民斎は笑った。

大丈夫か、このおやじ?

いままで鋭いと思って聞いていた話は、すべて屁理窟《へりくつ》だったのか?

「つくるといっても、上の句ではないぞ。下の句をつくって出すのだ」

「しゃべるんですか、犬が?」

「犬はしゃべらないさ。大丈夫か、民斎さん?」

「ええ、いちおう」

少しムッとする。

だが、高畠は愛《いと》しの亀吉姐《ねえ》さんの実父でもある。嫌われるような態度はとらない。

「犬がいろんなしぐさをしたり、どこかに行ったりするのだ。それで、選者がおなじみの作者連中とあとをつけるわけさ。そのうち、犬が何度も同じことをしたり、その周りをまわったりする。それで、選者が『なるほど』と手を打ち、下の句を告げる」

「ほんとですか？」

「わしが見たのは、犬が用水桶《ようすいおけ》に前足を入れ、ばしゃばしゃ叩《たた》いたら、泡ができた。そこで選者が、『水の泡かな水の泡かな』という下の句をつくった」

「ははあ」

「まさに、犬が教えてくれたとしか思えない」

「…………」

笑いがこぼれる。

こんなことで騙《だま》される人もいるのである。

それは、選者の機転の話で、犬なんかなにをしようと、機転の利《き》く選者はそこから下の句をでっちあげるのだ。

そんなことは、見なくても想像できる。

まあ、信じた高畠の人のよさということで、このあいだのたまった壮大な大地の変動についての説はまた別なのだろう。

二

湯船から出ると、二人は並んで垢《あか》をこすり始めた。

「それよりも、わたしは亀吉さんが家元になっている花唄《はなうた》が気になって」

民斎が言った。

「ああ」

「あれこそ川柳並みに弟子が増え、亀吉姐さんは江戸でも指折りの有名な人になっていてもおかしくないと思うんですが」

「あれは面白いよな」

「いま、あれは亀吉姐さんが口伝えで教え、それがお座敷で唄われたりしてますよね」

「そうみたいだ」

「すると、端唄《はうた》の一種みたいにされて、亀吉姐さんの作というのが知れ渡らないんですよ」

「だろうな」

「勿体《もったい》ないでしょう」

「でも、当人はそれでいいみたいだぞ」

「いいんですか？」

「変に有名になると、嫌《いや》なことにも巻き込まれるし、大金が入ったりしても、そういうのはろくなことにならないと。あの子は、やっぱりわしの子だな。ときどき疑ったりもしたのだが」

「疑ったのですか？」

「そりゃあ、おみずの子だもの」

「はあ」

「だが、おみずも見た目ほど自堕落《じだらく》ではないしな」

「………」

民斎はなんと言っていいかわからない。

だが、いちばん悪いのは女房子どもを置いて、島なんかを旅して来たこの人なのである。

「だから、あれでいいんじゃないか」

「そうですかねえ」

民斎はそのうち暇になったら、亀吉がつくった花唄をまとめて、本にでもしてあげたいと思っている。

垢も落とし、さっぱりして、民斎と高畠は長屋にもどって来た。

高畠は、おみずの家のほうで暮らせばいいのに、「娘の家のほうが居心地がいい」と、こっちで寝泊まりすることのほうが多いらしい。

すると、三味線《しゃみせん》と唄声が聞こえてきた。

「やってますね」

「ああ、終わるまでここで待ってるか」

と、高畠は路地で立ち止まった。

民斎もつい、亀吉の花唄に聞き入った。

犬は偉いよ　人より偉いよ
しゃべるのは　わん　だけでも
ちゃんと　わかってる
人の気持ちも　気持ちの裏も
下から見てる　わかってる

――ふうむ。

と、民斎は内心で唸《うな》った。

ここにも犬の賛美があった。親子で犬を賛美している。

だが、「下から見てる」と言っても、それは人の目からそう見えるだけで、犬としては別に下から見てるという気持ちはないのではないか。

だが、もしかしたら、いま、世の中全体で犬の評価が高まっているのかもしれない。

三

数日後――。

鬼堂民斎は、木挽町七丁目の先にある汐留《しおどめ》橋のたもとに座っていた。

ここを流れる堀は、千代田《ちよだ》の城のお濠《ほり》にもつながっているし、町人地を流れる三十間《さんじっけん》堀や、武家地を流れる築地《つきじ》川にもつづいていて、舟運の重要な交差点となっている。そのわりに、目立たない。

水回り担当の隠密同心としては、もっとも注意すべき場所のひとつなのかもしれない。

ただ、客は少ない。

すぐ近くの芝口《しばぐち》橋と比べると、橋を渡る人の数は、五分の一にも満たない。

まあ、易者としても儲《もう》けを優先させることはできないのだから、これは仕方がない。

昼近くになって――。

やけに深刻そうな男が近づいて来ていた。

——客じゃないといいな。

と、民斎は思った。

深刻な悩みの客を相手にするときは、こっちも疲れる。

だが、男は民斎の前に立った。歳《とし》は五十くらいか、武士ではないが、商人にも見えない。頑固な職人といったあたりか。

「悩んでいましてな」

「ええ。人にはつきものですからな」

「だが、これは悩みではなく、単にあたしが馬鹿になったのかもしれないのです」

「はあ」

そういうときはある。

というより、もともと自分を高く見積もり過ぎていたのかと、気づくことはある。

「だが、犬にものを教えられるようになるとは思いませんでした」

「犬に……」

これはまずいかもしれない。

いま、犬がどんどん賢《かしこ》くなっていて、もうじき犬の天下が来るのかもしれない。

「わたし、山田縁起斎《やまだえんぎさい》と申す者で、前句付けの選者をしていましてな。『犬之餌《いぬのえさ》』という刷りものも出しています」

「生憎《あいにく》とそっちは不調法でして」

「いや、『誹風柳多留』などと比べたら、集まる句も十分の一程度ですので」

「それで？」

「この前句付けというのは、下の七七によって、集まる句の多寡《たか》がけっこう違ってくるのです」

「そうでしょうな」

「それで、いつも苦労しておったのですが、あるとき、あたしが飼っている犬が、その句を教えてくれることに気づいたのです」

「ははあ」

このあいだ高畠主水之介が話していた当人がやって来たらしい。

「そういうと、それはあたしが犬のすることを見て思いつくのだろうと、そうお考えになるでしょう」

「違うのですか？」

「違います。その日、あたしが句の材料探しに行くのにここらあたりがいいかなと考えていると、まさしく同じ場所に犬が導くのです。たとえば、長屋の光景を下の句にしたいと思っていると、まさに長屋へ連れて行きます。それで、七輪で魚を焼いていたりするところに行き、ぴたりと座り、わん、と小さく吠《ほ》えます。わたしは、『煙いことかな煙いことかな』と口にすると、犬は満足げに吠えて、引き返すのです」

「………………」

「この数カ月、わたしはこうして下の句を決めてきました」

山田縁起斎の足元には、いつの間にか一匹の白犬が来ていた。いかにも賢そうな顔をしている。

「それで？」

と、民斎は訊いた。

山田縁起斎は、なんのために自分の前にいるのか。

山田はうなずいて言った。

「わたしは犬よりも馬鹿になったのか。犬がわたしより賢くなったのか。占ってはもらえませぬか？」

四

それは占えば占えないことはない。

山田縁起斎は犬より馬鹿になったのか。犬が賢くなったのか。

占いは右か左かと問えば、どっちかに答えは出る。だが、これはそういう問題ではないのではないか。

つまり、単なる誤解。もしくは、隠された仕掛けがあるだけで、別に犬は川柳がわかるほどには賢くなんかないだろう。山田だって、こうしてしゃべっているのだから、犬よりは賢いはずである。

だからといって、断われば金にはならない。

「わかりました。難しい占いですが、やってみましょう」

と、見料は確保した。

「ううむ」

と、鬼堂民斎は唸った。

まずは五十本の筮竹《ぜいちく》から一本を抜かせ、あとは適当に筮竹をがちゃがちゃさせながら分けたりしていく。途中、

「ややっ」

などと、思わせぶりに言ってみる。

「なにか？」

と、不安そうな顔になるのも面白い。

選んだ筮竹の組み合わせから卦《け》を読むふりをしながら、同時に山田縁起斎の顔も窺《うかが》う。易者はむしろこれが肝心なのだ。

このときの相手の表情から、かなりの性格がわかる。

顔の皺《しわ》とかから判断すると五十前後だろうが、それくらいから惚《ぼ》けてくる人もいなくはない。

あまり歩かない暮らしなのだろう、すでに疲れて座りたそうにしている。

こういう人は惚けるのも早いから、じっさい、そろそろ犬に追いつかれそうなのかもしれない。こんな人に付句の出来不出来を審判されるなんて、民斎なら嫌である。

「近ごろ、物忘れが激しいのではないですかな？」

と、民斎は訊いた。

これは卦ではなく、顔つきから見た診断である。表情に締《し》まりがなく、視線が絶えずきょときょとと彷徨《さまよ》っている。

「そうなのです。用事を思いついて立ち上がりますわな。立って歩き出そうとすると、その用事がなんだったかを忘れている」

それはひどい。

惚けの一歩手前ではないか。

さっき言ったことも、すべて惚けが造り出した妄想《もうそう》ではないのか。

「卦によると、生きものとかはあまり好きではないみたいですがね？」

と、民斎は言った。これは卦でも「生きものと相性よろしからず」と出ているのだ。だが、犬より賢いかを観《み》るのは相当難しい。

「そうなんですよ。わたしは、以前は犬なんか大っ嫌いだった。そこらにいたら、蹴《け》ったりしてました」

「それは可哀《かわい》そうですな」

「ああ、もう、そんなことはできません。犬がいたら、餌などもやるようにしています。だから、いつもこうして袂《たもと》に煮干《にぼ》しを入れているほどですよ」

山田縁起斎はそう言って、煮干しを取り出して見せた。

するとわきにいた白犬がしきりに尻尾を振り、山田はその煮干しを与えた。

このようすを見たのか、そこらにいたほかの野良犬たちも集まって来たので、山田は袂から一摑《ひとつか》みの煮干しを出すと、花咲か爺《じい》さんよろしく気前よくぱぁあっとばら撒《ま》いた。

「その白い犬は飼い犬ですか？」

民斎は最初からいた一匹を指差して訊いた。

「ええと、たぶん」

「たぶん？」

「いま、家には何匹もいるので、よくわからないのです。ちょっと待って」

山田縁起斎は、白い犬の首を調べた。

すると、目立たなかったが、細い紐《ひも》が巻き付けてあった。

「あ、そうです。家の犬です」

「そんなに何匹もいるのですか？」

「ええ。七、八匹くらいはいますな」

「餌が大変でしょうよ」

「なあに、わたしのところはすぐそっちで海産物の店をしてますのでね。煮干しなんざ腐るほどあります」

ということは、腐ったものも売っているのかと、突っ込みたくなる。

「前句付けのお師匠ではないのですか？」

前句に付ける句は金を払って応募するし、できた句集も売るので、それで生活するのだと聞いていた。

「いやあ、わたしのは道楽で、逆に持ち出し分のほうが多いくらいです」

「そうでしたか」

「それで、結果は？」

と、山田縁起斎は訊いた。

民斎は手のなかの筮竹と相手の顔を見ながら、

「別にあんたが馬鹿になったわけではありません。犬のほうがもともと賢いから、主人が困っているのを薄々察知して、いろいろやってはあんたの反応を見る。喜んでほしい一心でしょうね。それが、さも前句を教えているように思えるのでしょう」

と、言った。

卦がそんなふうに出たのではない。やはり、卦では占えなかった。そこで、当たり障りのないことで誤魔化《ごまか》した。

「なるほど」

山田縁起斎は、安心したような顔をした。やはり、自分が惚けることへの恐怖があったのだろう。

安心して帰って行く山田の後ろ姿と、ついて行く白い犬を見ながら、

――なんか変だな。

と、民斎は思った。

さっきの犬の紐には、紙切れもついていて、それには〈白の二番〉と書いてあった。

犬に番号をつけて飼うというのは、どういうことなのだろう?

五

鬼堂民斎は陽が傾きかけると、早々と店を畳《たた》み、山田縁起斎が歩いて行ったほうへ向かった。すぐそっちで、海産物の店を商っていると言っていた。

すると、芝口橋のたもとに、海産物を売る〈山田屋〉があった。

――ここに間違いないだろう。

店は繁盛《はんじょう》している。

前に立ち、帳場のあたりを見ると、さっきの旦那はおらず、四十くらいの女将《おかみ》さんが手代らしき男にてきぱきと指示をしていた。

やり手の女将さんらしい。

民斎はなかに入り、女将さんのいるところから遠いほうで、昆布と煮干しを一包みずつ買った。自分で料理はしないので、誰かにやるしかない。亀吉もあまり料理は得意ではないので、おみずにでもあげることになるだろう。

代金を払いながら、

「旦那はいないのかい？」

と、手代に訊いた。

「御用ですか？」

「いや。発句をやっている者でね」

「ああ。いまも二階で集まったやつを選んでるんじゃないですか。ここんとこ、集まる句が多いみたいで、まあ悩むこと、悩むこと」

「そうなのかい」

「うちの旦那は、たとえお客だろうが、優先してくれませんよ。ただ、だからといって、いいものを選んでるかどうかはわかりませんけどね」

手代はそう言って笑った。どうもここでは発句をする旦那は、あまり尊敬の目で見られていないらしい。

「あそこにいるのは女将さんだろ」

「ええ」

「ここは女将さんで保《も》ってるって評判だものな」

適当なことを言った。

「やっぱりそういう噂《うわさ》ですか」

「ほんとかどうかは知らないよ。ただ、おれはそう聞いただけで」

「いや、皆さん、よく見てるんじゃないですか。でも、旦那には内緒ですよ。怒っちゃいますから」

やはり焼《や》き餅《もち》を妬《や》くのだろう。だったら発句なんかやらずに、商売に励めと、周囲の者は思っているのではないか。

「言わないさ。犬も女将さんが飼ってるのかい？」

店のなかにはいないが、民斎は訊いた。

「ああ、犬はこっちには出しませんけど、裏のほうで飼ってるんですよ」

「ただ飼ってるだけかい？」

「え？」

手代は怪訝《けげん》そうな顔をした。

「いや、首に順番みたいなものが書いてあったから、なんだろうなと思ったのさ」

「ああ、なるほど。なんですかね。女将さんの道楽で、あたしらもよくわからないんですよ」

あまりしつこく訊くと、女将さんを呼んで来たりしそうで、民斎はそこで切り上げた。

ところが、帰ろうとしたとき、

「女将さん。うちの父が！」

そう言って飛び込んで来た男がいた。

血相が変わっていた。

六

民斎は思わず足を止め、なにがどうなっているのかを見守った。

この店の女将さんは、男にうなずきかけると、すぐに男を店の裏のほうに連れて行った。

しばらく待っても出て来ない。

民斎は外の通りからぐるりと店の裏手に回った。

すると、そこは裏庭になっていて、生け垣の向こうに犬が何匹も飼われているのがわかった。

道の両側を見ると、芝《しば》のほうへ向かう道を白い犬が歩いていて、それをさっきの女将さんらしき人が追っているように見えた。

——なんなのだろう？

民斎はその後を追ってみた。

急いで追ったが、犬と女将さんはさらに道を曲がったらしい。

——ん？

東海道《とうかいどう》筋に出たため、人通りは増え、さらに陽が沈みかけて、あたりはずいぶん薄暗くなっている。

やがて、犬も女将さんもわからなくなった。

——こりゃあ、駄目《だめ》だな。

民斎は、後を追うことを諦《あきら》めた。

民斎は、引き返すついでに、尾張町の裏にあるおみずの店によって、買ったばかりの昆布と煮干しは置いて行くことにした。

裏道にあるおみずの店、〈ちぶさ〉。山形にぽっちが描かれたのれんまで助平ったらしいから、開けるのさえ照れる。

「あら、民斎さん」

「これ、訳があって、買うことになったんだけど、わたしは自分じゃ料理をしないので、あげます」

と、紙袋を差し出した。

「あら」

「あ、誤解しないでくださいよ。ほんとは亀吉さんにあげようと思ったけど、忙しいからあまり料理しないし、嫌みだよなと思ったので」

民斎は釘《くぎ》を刺した。

「やあね。必死で弁解したりして。あの子に言おうかしら。なんか、民斎さんが最近、ちょくちょく手みやげをくれるようになったって」

「勘弁してくださいよ」

「山田屋のじゃない。悪いわね」

「山田屋、知ってるんですか？」

「うん。そっちの芝口橋のたもとでしょ」

「そうです」

「女将さん、友だちだから」

おみずはさらりと言った。

「あ、そうなんですか」

「訳ありって、山田屋でなんかあったの？」

「そんなでもないいんですが」

これはまずいことになった。

易者はいちおう人の秘密を知り得る立場にあるので、仕事で知ったことをべらべらしゃべってはいけないのだ。別に法に定められているわけではないだろうが、「あの易者はおしゃべりだ」という噂が回れば、誰も寄りつかなくなる。そうしたら、隠密同心としての仕事にも差し支《さつか》える。

「なによ、言いなさいよ」

「いや、ほんと、たまたま昆布と煮干しのことを人に訊かれたもので」

下手な言い訳もあったものである。

退散しようとしたとき。

「あ」

店に入って来たのは、なんと山田屋の女将さんではないか。

「あら、おけさちゃん。いいところに来た」

「なに？」

「この人、易者の鬼堂民斎さんて言うんだけど、なんかあんたのところに興味あるみたいよ」

おみずは止める間もなく、余計なことをしゃべった。

「なにかしら？　易者さんていうと、もしかしてうちの人、相談に行ったりして？」

鋭い。これではとてもじゃないが、しらばくれるわけにはいかない。

「もう白状してしまいますが、じつはおたくのご主人から不思議な相談をされましてね」

民斎は仕方なく言った。

「まあ、うちの縁起斎先生が？」

女将のおけさは、亭主をからかうような口調で言った。

「そうなんです。悩んでますよ、旦那は」

「もしかして、犬のこと？」

「あ」

「やっぱりね。悩むことでもなんでもないのに」

と、おけさは笑った。

「発句の前句を犬が決めてると思い込んでましたけど、そんな馬鹿な話はないですよね」

民斎はそう言った。

たぶんこうだろうという推測はある。それが、このおけさを見ているうちに、確信に変わっていた。

「易者さんもそう思う？」

「思いますよ。たぶん旦那が、なかなかいい前句を思いつかなくなっていたのは本当でしょうね」

「へえ」

「それを女将さんの前で、独りごとみたいに口にしていたんです。それで、女将さんもなんとかしてやろうと思ったけど、たぶんあの旦那は直接、女将さんが言ったりしたら機嫌が悪くなる。そこで、犬を使ったんでしょう?」

「凄《すご》い、この易者さん」

おけさは感心し、おみずを見た。

「ね、けっこうやるでしょ」

おみずは自慢げに行った。

「女将さんなら、犬をうまく連れ回すこともできますよね。例えば、旦那が行水みたいなものを思い浮かべるいい前句があるといいんだが、などと、ぶつぶつ言いながら悩んでいるのを聞いたりしたら……」

「あの人、独りごとも言うけど、そういうの紙に書くの。だから、なにを悩んでいるかはすぐにわかるのよ」

「なるほど。すると、女将さんは考えて、旦那の散策に犬を付き添わせ、しかも先回りして、犬をうまく誘い出すんですよね。行水をのぞけるような塀《へい》があり、穴が開いていたりするところに」

「あら」

「そこで旦那は、塀のなかかな、塀のなかかな、という前句を思いつくわけです」

「お見事」

とおけさが言い、おみずもぱちぱちと拍手をした。

「それ、うちの旦那に言っちゃった？」

「いいえ。じつは、いま、そうじゃないかと思ったんです」

「そうなの。内緒にしてて。一杯おごるから」

おけさがそう言うと、おみずがさっと茶碗《ちゃわん》酒を持って来た。

民斎もそれを一口飲み、

「いいですよ。それに、犬を使った新しい商売のことも内緒にしてあげますよ」

と、言った。

「なんで、それを？」

おけさと、おみずが目を丸くした。

「さっき、その昆布と煮干しを買ったとき、飛び込んで来た男を見たのですよ」

「ああ、後をつけたのね?」

「いや、見失ってしまったのです。でも、旦那といっしょにいた犬が〈白の二番〉という番号をつけていたのも思い出しました」

「そうなの。でも、それだけでわかったの?」

「ええ。惚けて家からいなくなった老人を探すという商売なんでしょう。犬の鼻と耳がいいのを使って」

「当たり」

と、おけさはうなずき、

「あのあたりで、家の人があちこち徘徊《はいかい》して困っているという話を聞いたのよ。それもそれも何人も。だから、その人数分の犬を、その人たち専用に用意したの。それで、その老人に匂いのするものと、音色に特徴がある鈴をつけさせ、犬に追いかけさせることにしたのよ。犬が憶《おぼ》えていてくれるから、さっきの年寄りもすぐに見つかったわ」

「いい商売じゃないですか。どうして秘密にするんですか?」

「だって、うちの人ったら、女房が出しゃばって商売を立ち上げるなんて許すわけないもの」

「ははあ」

おそらく多くの世の亭主がそうだろう。

「でも、女だって商売がしてみたいよ。ね、おみずさん?」

「そう。だから、あたしも協力することにしたの」

「おみずさんも?」

「そうよ。ほら、これ見て」

おみずは壁の貼り紙を指差した。そこには、

〈惚けていなくなる年寄りをすぐに見つけます。犬の岡っ引き〉

と、書いてあった。

「もう五人くらい、おけさちゃんを紹介してやったわよ」

「へえ」

おみずとおけさ。これはなかなか強力な組み合わせかもしれない。

「それに、うちの人、ほんとに早く惚けそうな気がする。あの人のおとっつぁんも六十半ばで惚けたから」

「そうなんですか」

「そのためにも犬のことは内緒にしておきたいの。匂いと鈴の秘密を知ると、いざというとき使えなかったりするでしょ」

「なるほど」

民斎は感心して、内緒にすることを約束した。

民斎はそのあとちょっと飲み過ぎてしまい、いい気持ちで長屋に帰った。

途中からふくろうの福一郎も迎えに来てくれた。

歩きながら民斎は、

――賢くなっているのは犬ではなく、女たちかもな。

と思った。

まさか、その勘が、これからの鬼道《きどう》の騒ぎに大きく関わってくるとは、このときの民斎は夢にも思わなかった。

お奉行を占う

一

隠密同心の鬼堂民斎が、同心部屋で報告書を書いていた。

この二、三日分をまとめて書くので、いつもけっこうな時間がかかる。民斎がいちばん嫌いな仕事である。

民斎の報告書はいつも適当過ぎると、上役の平田源三郎から文句を言われる。占った中身まで詳《くわ》しく記《しる》せというのだ。

そんなもの、奉行所の仕事となんの関係があるのか。

どうせ大半は、亭主が息子の手習いの女師匠に手を出しただの、せっかく若い嫁をもらったら、毎日、寝小便を洩《も》らして困るだの、たいがいそういう話である。

口でそういうと、

「それが町人の実態だろうが。詳しく話せ」

と、うるさい。

平田は単に、人の悩みについて、下衆《げす》な興味を持っているだけなのだ。

だから、そんな命令は無視して今日も適当な報告書を書いていると、当の平田が変に難しい顔でやって来て、

「鬼堂。今日から数日は、西紺屋町《にしこんやちょう》に座れ」

と、言った。

「西紺屋町ですか？　なんでまた？」

そこは、お濠《ほり》を挟《はさ》んで奉行所のすぐ真ん前なのである。

「どうも、このところ、奉行所の周辺に怪《あや》しい奴《やつ》らが出没するらしい」

「………」

だったら、お前が見張れ、と言いたいが、それは言えない。

「怪しいと言いますと？」

「それがわからないから見張れと言っているのだ」

「それは、水回りということですか？」

「ああ」

民斎はいま、江戸の水辺を見張ることになっていて、占いの店ももっぱら橋のたもとに限っている。奉行所の前のお濠も、たしかにお城の奥までつながっていたりするので、いちおう見張るに値《あたい》する場所ではあるのだ。

「わかりました」

どうせ、ほかにも見張る奴はいるのだろう。

むしろ、適当に気を抜いてやれる仕事かもしれない。

民斎は一度、八丁堀の役宅に入り、易者姿になって出直した。

いくらなんでも数寄屋橋《すきやばし》のたもとで占いをやるのははばかられる。奉行所の人間が大勢行き来するのだ。「あいつ、こんなところで、なにしてるんだ?」と、横目で見られたりするだろう。

数寄屋橋からちょっと離れ、お濠沿《ぞ》いの柳の木に背をもたれるような恰好《かっこう》で、店を開いた。ちょっと斜めに座れば、お濠や奉行所が見える。こうして適当に見張ることにした。

その女がやって来たのは、ちょうど昼飯どき。民斎も、ちょっと席を外《はず》し、そこらでそばでもたぐろうと立ち上がりかけたところだった。

「あのう」

歳《とし》のころは四十くらいか。ひどく慎《つつ》ましやかなご婦人である。

大身《たいしん》の旗本の奥方といったところではないか。

ただ、どこかで見たような気がしないでもない。

「なんですかな？」

「言いにくいのですが」

「わかります。悩みを話すというのは勇気のいることですから」

そう言って、民斎はそっと目を伏《ふ》せた。

こういうときは、少し待ってみるのが易者のコツというものである。

「じつは夫のことなのです」

「はい」

ご婦人の相談は、八割方、夫のことである。

「近ごろ、おかしいのです」

「以前からではなく、近ごろなのですね？」

「ええ。夫は本来、ものすごく真面目《まじめ》な人なのです」

「なるほど」

ものすごく真面目で、ほかに妾《めかけ》を持つ人や、吉原に溺《おぼ》れる人は山ほどいる。

「ものすごく」がつく真面目な人ほど、タガが外れたときは怖《こわ》い。

「それが近ごろ、夜中に帰って来たりします」

「それは男が仕事をしていれば……」

「もちろん、そうだと思います。ただ、昨日の夜などは、ちょん髷《まげ》に白粉《おしろい》をつけて帰って来たのです」

「ちょん髷に白粉？」

「しかも、このちょん髷の先のところだけ」

「ははあ」

白粉はもちろん、その向こうに柔らかい肌がある。

それが、頭のところについたということは……民斎は、脳裏《のうり》にさまざまな痴態《ちたい》を思い浮かべたが、あまりぴんと来るものはなかった。

「それで、誰も見ていないところで、踊《おど》りの稽古《けいこ》をしたりするのです」

「踊りの稽古ねえ」

もう明らかだろう。

これは芸者がからんでいる。間違いなく浮気。

「怖くて訊《き》けないのです」

「訊いても本当のことは言わないでしょうしね」

「占っていただけますか？」

「わかりました。ついては、ご亭主のお名前を伺《うかが》いたい」

「姓も名もですか?」

「差《さ》し障《さわ》りがあるでしょうから、下の名だけでも」

と、紙を差し出した。訊きながら自分で書いて、間違うこともよくある。書いてもらうのがいちばん間違いがない。

　定謙
と、書いた。見覚えのある名前である。

「これで、さだのり、と読みます」

婦人はそう言った。

——あ。

民斎は、恐る恐る婦人の顔を見た。

見覚えがあるのは当然だった。

奉行所の裏手に行くと、お目にかかるのだ。

定謙は、矢部駿河守定謙《さだのり》のこと。

なんのことはない、南町奉行の奥方さまが、相談に来ていたのだ。

——これはまずいだろうよ。

お奉行の裏の暮らしを知ることになる。もっとんでもないことが出て来たらどうしよう。

ここは当たり障りのないことを言って、帰ってもらうしかない。

名前の画数を出す。姓のほうも知っているので、占いはもっと正確になる。筮《ぜい》竹《ちく》を画数に合わせて分けてみる。

「あれ？」

と、思わず声に出た。

「どうしました？」

「この方、かなり真面目らしく、いわゆる女っ気《け》はまったくありません」

と、鬼堂民斎は言った。

嘘《うそ》ではない。世の中に、こんなに真面目一筋という卦《け》が出る人も珍しい。

「では？」

「誤解とか、たまたまのこととか、そういう類《たぐ》いでしょう。ご安心なさっていいですぞ」

「まあ、安心しました。では、見料《けんりょう》は？」

と、巾着《きんちゃく》を出しかけたので、

「いやいや、こんなに生真面目《きまじめ》な人の卦を見せてもらったのは、わたしにとっても勉強なので、お代は要《い》りません」

きっぱり断わった。

お奉行の占いをして見料の請求はできない。

二

奥方が、奉行所の裏手の塀《へい》を開けて中に消えるのを、濠を挟んだこっちから確かめながら、

——あんな堅いお奉行でも、心配になるのだろうか？

と、呆《あき》れてしまった。

ふだん真面目すぎるから、ちょっとしたことでも気になるのだろう。

だが、民斎にしても、それほど不真面目な人間ではない。若いときはともかく、悪所《あくしょ》で遊ぶことも絶えてないし、出ていった女房のお壺《つぼ》がいたときはお壺一筋だったし、まだ思いのたけは叶《かな》わないが、いまは亀吉一筋である。

ここんとこ、亀吉はずいぶん忙しいらしい。吉原とか深川ですごく流行《はや》っていて、そのつくり手としてしょっちゅうお呼ばれするらしい。

亀吉のつくった花唄《はなうた》の一つが、吉原とか深川ですごく流行《はや》っていて、そのつく

民斎は当然だと思った。

亀吉は才能があるのだ。つくる唄は面白くて、口ずさみやすい。

しかも、亀吉自身が美人で魅力がある。

当人は有名になるのをあまり望んでいないらしいが、世間が放っておかないだろう。そのうち、売れっ子絵師だの、売れっ子戯作者《げさくしゃ》だのが亀吉の周囲に群《むら》がり出し、ちやほやするようになる。

——そうなると、おれのことなんか……。

民斎は自分の気持ちに嫉妬《しっと》の念が浮かぶのを感じた。

ためしに亀吉の芸能運みたいなものを占ってみることにした。

亀吉の名を書き、顔を思い浮かべながら、筮竹を分けていく。

その卦を見ると——。

〇才能は比類なし。

〇江戸屈指の人気者にもなれる。

○ただし、凶事あり。

と、出た。

才能については納得だが、「凶事」というのが気になる。

ちょっとぼんやりしていると、民斎のわきを女の二人づれが唄を口ずさみながら通り過ぎた。

それは、近ごろ流行っている亀吉作の花唄〈ゆらり揺《ゆ》れて〉だった。

ゆらり揺れて　あなたに恋した
それといっしょに　大地もゆらり
ゆらり揺れて　あなたの腕のなか
たとえこの世が　砕《くだ》け散っても

明るい曲調なんだけど、ほのかに哀愁《あいしゅう》がある。

民斎もつられて、しばらく口ずさんでしまった。

三

夕方になって――。

人混みのなかから、ぬうっと平田源三郎が現われた。

こいつが黙って出現すると、ぜったい正義の味方には見えない。どう見たって悪の手先だろう。

だが、いちおう奉行所の与力として、民斎はともかく上役たちからは評価されるような仕事をしているのだ。

「どうだ、なにか変わったことはあったか？」

「いや、とくに」

お濠のなかを泳ぐ奴もいなかったし、赤い腰巻が浮いていることもなかった。ときおり風で波が立つくらいの、穏やかなお濠だった。

「そうか」

「もうちょっと、なにが起きるかもしれないのかを教えてもらったほうがよろしいかと？」

民斎はそう言った。

命令があまりにも取りとめなさすぎる。

「それは、おれだってわからねえんだ」

平田は偉そうに答え、奉行所のほうにもどって行く。

——だから、あんたは馬鹿なんだろうが。

と、民斎は内心で平田の後ろ姿に毒づいた。

そろそろ暮れ六つ（午後六時頃）どきで、今日はここまでにしようと思ったとき、

「ご免《めん》なさいね」

前に立ったのは、なんと朝もやって来たお奉行の奥方ではないか。

「え？　どうなさったので？」

民斎は焦《あせ》って訊いた。これ以上、お奉行の裏の暮らしは知りたくない。

「じつは、うちの夫のことなんですが」

「真面目極まりないご亭主ですぞ」

「女についてはそうかもしれません」

「どういう意味で？」

「女には真面目かもしれませんが、男のほうに……」

「え」

思いがけない話になってきた。

たしかにさっきの占いは、女についてのことだった。だが、この世には男色という、民斎には縁のない世界も存在する。

「もしかして、それを思わせるなにかが？」

「出てきたのです」

奥方はそう言って、風呂敷《ふろしき》から脇差《わきざし》を取り出した。

「これは？」

「うちの人の刀ではないと思うのですが、刀掛けにありました。鞘《さや》のところを見てください」

言われるままに見ると、鞘のところに、

「小太郎《こたろう》命」

と、文字が刻んである。

「小太郎？」

「そんな人は知りません」

奉行所にいただろうか？　名前を思い返す。

養生所廻《ようじょうしょまわ》りに、安井小次郎《やすいこじろう》というのはいるが、「小太郎」と「小次郎」は間違わないだろう。しかも、安井小次郎は六十八の、三年前に中風《ちゅうぶう》を患《わずら》った爺《じじ》いである。「命」と書くほど寿命は残っていない。

「ううむ」

民斎の脳裏に、化粧をした若衆《わかしゅ》の姿が浮かんだ。

それなら白粉をつけていても不思議はないし、踊りもやるだろう。

「そういうところがあるんですよね？」

「そういうところ？」

「男の吉原みたいな？」

「ああ」

たしかにある。陰間茶屋《かげまぢゃや》と言って、おかまが客を取る。客のほとんどは男だが、なかにはそのおかまを好きな女もいたりして、訳がわからない。

有名なところでは、日本橋《にほんばし》の葭町《よしちょう》や、湯島《ゆしま》の大根畑《だいこんばたけ》。

仕事柄いろんなところに行かざるを得ないが、あのあたりはできるだけ早足で歩いたものだった。

お奉行はあんなところに通っているのか。

「占ってください。うちの人が嵌《は》まり込んでいることを」

奥方は真剣な顔で言った。

「…………」

「それで、どうしたらいいかを」

「…………」

夫が、白塗りの若衆が大好きで、あの世ではかならずいっしょになどという約束をしていたらどうするのか。怖《おそ》ろしくて、民斎は占う気になれない。

「お願いします。わたしもこんな奇妙なことはどう考えていいかもわからないし、誰にも相談できないのです」

と、お奉行の奥方は目に涙をためて言った。

お奉行の腹心の家来に、平田源三郎という与力がいますから、そいつに相談なさい、と喉《のど》まで出かかったが、さすがに我慢した。

「どんな卦が出ても知りませんよ」

こういうことは、忘れるのがいちばんなのではないか。

いままでわからなかったのだから、いまさら知ったって、どうにもならないのだ。

「かまいません」

奥方は覚悟を決めたらしい。

——では、仕方がない。

と、笹竹を手にしたとき、視界の端《はし》を変なものが横切るのが見えた。

——ん？

だいぶ薄暗くなったお濠の水面を、猪牙舟《ちょきぶね》が一艘《そう》、ゆっくりと流れてくるではないか。

船頭はいないが、誰か乗っている。

着飾った男である。

女のようななりで、顔がやけに白い。白粉のせいではないか。

——おい、おい。まさか……。

まさに、いままで民斎の頭のなかにいたおかま、美貌の若衆が、じっさいのかたちになってすぐ下のお濠に現われたのだ。

「おーい、変な舟がいるぞ！」

数寄屋橋御門の門番たちが騒ぎ出した。

「なんだ、死んでるんじゃないか」

「引き寄せてみろ」

門番が数人、土手を降り、長い棒を猪牙舟の縁《へり》にかけて引き寄せた。

「女か？」

上にいる番士が声をかけた。

「いや、男です。おかまですね」

「生きてるんだろう？」

「いやあ、死んでます。腹を切ってますよ」

「なんだと」

「この脇差でかっさばいたようです。鞘になにか書いてますね」

「なんと？」

「やべ様命と」

その声を聞き、奥方はふらりとし、

「おっと、危ない」

民斎は慌《あわ》てて身体《からだ》を支えなければならなかった。

四

「やっぱり、あの人は……」

南町奉行矢部駿河守の奥方は、真っ青な顔でそうつぶやくと、ふらふらと引き返して行った。

民斎は近づいて行き、集まりはじめた野次馬《やじうま》に混じって、舟のなかの遺体を土手の上からじっと見た。隠密同心は、こういうとき、さも同心面《づら》して遺体を調べたりすることはできないのだ。

歳のころは十七、八前後か。

女のようにきれいな顔立ちだが、喉仏《のどぼとけ》が見えていた。

月代《さかやき》は剃《そ》らず、後ろに長く伸ばして一本に結《ゆ》わえている。いかにも若衆ふうである。肌色が白粉でも塗ったように真っ白だ。

「おい、こいつ、白粉つけてるぞ」

舟から遺体を下ろしながら、番士の一人がそう言った。

「ほんとに男か？」

もう一人の番士が、野次馬が見ているところで、遺体の股《また》のあたりをまさぐり、

「たしかに男だ」

と、下卑《げび》た笑いを浮かべた。

「おい、やべ様命って、まさかな？」

「そんなわけあるか」

番士たちはさすがに声を落として言ったが、民斎は事情がわかるので、口の動きなどで会話を推察できた。

あの謹厳なお奉行と、若衆などは、そうかんたんには結びつかない。

だが、奥方が言うに、矢部の家の刀掛けには、「小太郎命」と書かれた脇差があるらしい。

そして、いま見つかった死体には「やべ様命」とあった。

これらを考えれば、矢部と小太郎はまさに相思相愛、末長く契《ちぎ》りを誓ったということになってしまう。

だが、それは本当なのか。

——ここは鬼占いに頼るしかない。

と、民斎は思い、ここにいると平田に捕まって余計な用事を言いつけられたりするので、急いで帰り支度《じたく》をし、八丁堀の役宅に入った。

すでに陽は落ち、闇が訪れた。

家の前にふくろうの福一郎がいて、

「ぽ、ぽう」

なんかあったのか？　というように鳴いた。

「大丈夫。ちと、占うだけだ」

民斎はそう言って、玄関を入った。

鬼占いをするには時刻はまだ早い。丑《うし》の刻《こく》（午前二時頃）にやるのがつねである。が、その辺は多少の融通もきく。お奉行のことの真相は一刻《いっこく》も早く知りたい。

それでかんたんな晩飯を食い、井戸水で身を清め、下男には部屋に近づかないよう命じておいて、奥の間に入った。

鬼の面をかぶって、座禅《ざぜん》のような足で座る。筮竹などの道具は使わない。最小限の道具などを前にして、ひたすら念じるだけ。

鬼占いはひさしぶりである。

体力を消耗するので、やたらとはやれない。一日、二回やったら、たぶん疲労《ひろう》困憊《こんぱい》して死んでしまう。

だが、このところは体調もいいので、鬼占いをすることに恐怖はない。

名前は完全にわかっている。

矢部駿河守定謙。

その名を書いた紙を前に置いた。

人相もわかる。鬼占いには充分過ぎるくらいの条件である。

一つ大きく息を吸って始める。

ひたすら気持ちを集中する。気持ちぜんぶを一点に集中させ、細い穴を潜《くぐ》り抜ける——そういった感じ。

額《ひたい》の両側が熱くなってくる。まるでツノでも生《は》えてくるみたいに。

身体は軽い。宙に浮かんでいるのではないか。

見えてきた。

矢部駿河守が見えてきた。

これはどこにいるのだろう？　たぶん奉行所ではない気がする。さほど歳を取ったようにも見えないから、将来の矢部というのでもない。

げっそり痩《や》せ、目に力もない。無精《ぶしょう》ひげに着流し姿でいるところを見ると、役職についているとは思えない。
力なくつぶやく声が聞こえた。
「わしは陥《おとしい》れられた……」
誰に、どうやって陥れられたのか？
民斎はさらに集中する。
唄が聞こえてきた。

ゆらり揺れて　あなたに恋した
それといっしょに　大地もゆらり
ゆらり揺れて　あなたの腕のなか
たとえこの世が　砕け散っても

――これって、亀吉姐さんの花唄じゃないか？
なぜ、亀吉の唄が矢部を陥れるのに関わっているのか？
民斎はその関わりを知るため、さらに気持ちを集中する。
が、なぜだか疲れてきた。体調はいいはずなのに。

ぼんやり男の顔が見えてきた。
彫《ほり》の深い、異人のような顔。だが、ひどく陰険な表情をしている。
——こいつか。
知った奴かどうか目を凝《こ》らすが、もう疲労が限界である。
——駄目だ。
民斎は座ったまま前のめりに倒れこみ、しばらくは動けなくなっていた。
亀吉の唄はなんなのか？　あの男の正体は？　わからないことはまだまだ多い。
だが、矢部を陥れようとする陰謀が進行していることだけはわかった。

五

翌朝——。
昨日、お濠で見つかった若衆のことを訊こうと、奉行所に行った。
意外にたいした騒ぎにはなっていない。
日本橋川の河岸のどこかで腹を切ったが、たまたま気づかれずにいて、満潮に乗り、ここらまで流れて来たのだろうという話だった。

若衆の身元はまだわからず、いまは葭町や大根畑など、あの手の連中が集まるあたりを訊いて回っているらしい。

お奉行とのつながりについては、誰も毛ほども疑っていない。

ちらりと矢部の姿を見た。いつもどおり、泰然《たいぜん》としている。なにも後ろめたいことはないのだろう。

いま、矢部の足元を心配しているのは、ここではお奉行の奥方と民斎だけなのだ。

とりあえず自分なりに動こうと外に行きかかると、

「おい、民斎」

後ろで嫌な声がし、吐《は》きそうになるほどの悪臭も感じた。

手で鼻を覆《おお》いながら、振り向いて、

「なんでしょう？」

と、訊いた。

案《あん》の定《じょう》、平田源三郎である。

「もう、西紺屋町あたりは見張らなくていいぞ」

平田は偉そうに言った。

「どうしてですか？」

「怪しいと思われた連中は、落とし物を探していただけとわかったんだ。もう見張っても無駄だ」

「なにを落としたんです？」

「高価な銀の煙管《キセル》だったそうだ。だが、もう、見つかった」

「そいつらのことは、ちゃんと調べたのですか？」

「べつに怪しい者ではない。お目付の鳥居《とりい》さまがひいきにしている料亭のあるじで、身元についても保証してくれた」

「お目付がですか」

なんか釈然としない。

だが、これ以上話すと、平田の毒に当てられて、気絶しそうになる。

一刻も早く別れたいので、適当に返事をし、その場から逃げた。平田の口臭は、いったん治ったあと、またひどくなっている。病《やまい》全般に見られる揺り戻しというやつだろう。なんとかあの口臭で、自分まで具合が悪くなってくれないものだろうか。

民斎は、歩きながら考え、今回のことでは数少ない手がかりである花唄のことを訊くため、木挽町の長屋に向かった。

長屋に来ると、見知らぬ男たちが何人か路地の前に立っていた。

「なんだ、そなたたちは？」

民斎がそのうちの一人に訊くと、

「ふん」

と、そっぽを向かれた。

若い男で、腰に筆やら墨壺やら帳面などをぶら下げている。

——ははあ。

なんとなく、察しがついた。おおかた瓦版屋《かわらばん》である。態度のでかさも、いかにもこいつららしい。自分が江戸の民衆の裏の気持ちまでわかっていて、しかも操《あやつ》ったりすることもできるのだという、思い上がった面をしている。

「訊いてるんだぞ」

と、民斎は言った。

「だったら、あんたが名乗るのが先」

「わしはこの長屋に住む、易者の鬼堂民斎という者だ」

「ああ、易者さんか。運命を観《み》られると思ってるから、態度でかいんだよねえ」

「それはこっちの台詞《セリフ》だ。なに、してんだ?」

「そんなことは言えないよ」

まったく話にならない。

だが、見当はつく。この長屋で、瓦版屋に目をつけられそうな住人と言ったら、亀吉しかいない。

亀吉本人か、あるいは父親の主水之介か。

もしかしたら、おみずがこっちに逃げ込んだなんてこともあるかもしれない。

亀吉の家の前を通ると、

「だから、あの唄に二番も三番もないって言ってるでしょ」

という声がした。

「亀吉さんがつくったとは、あっしらも言ってませんよ。ほかの奴が付け足したかもしれないし」

前に立っている男が言った。

「だから、あたしはなにも知りませんて。もう、勘弁《かんべん》してくださいよ」

亀吉の声が泣きそうなので、

「おい、お前ら、しつこいぞ。見れば、どいつもこいつも、地震で家がつぶれて死にそうな顔をしているな。さっさと帰って、家族を守る算段でもしたほうがいいぞ」

と、民斎が割って入った。

「家がつぶれる……」

その剣幕と、妙な脅《おど》しがずいぶん怖かったらしく、瓦版屋たちはぞろぞろと引き返して行った。

「民斎さん。助かったわ」

亀吉は外に出て来て、民斎に手を合わせた。

「どうしたんだね？」

「うん。あたしの〈ゆらり揺れて〉という花唄が、近ごろいろんなところで流行っているみたいなの」

「それはわしも、占いの途中、道端《みちばた》で聞いたぜ。ああいうところでも聞くくらいだから、よっぽど流行っているんだと思ったよ」

「流行るのはもちろん嬉《うれ》しいんだけど、あたしがつくった文句じゃないやつが唄われたりしてるみたいなの」

「ほう」

「しかも、それがご政道や世の中をおちょくっているというので、ますます評判になっているのよ」

「なるほど」

「それで、いまも、瓦版屋たちが押しかけて来て」

「まずいな、それは」

「まずいわよ。お上から睨《にら》まれたりしたら、どうなるんだろう」

亀吉がひどく怯えた顔をしたので、

「大丈夫だ。そんなのはわしが守ってやる」

「民斎さんが？」

亀吉は、腕利き隠密同心としての顔を知らないから仕方がない。

「それで、その二番目の唄ってのはどういうんだ？」

「こういうの」

と、亀吉はそれを口ずさんだ。

ゆらり揺れて　家がつぶれる
大津波が来て　皆流される
ゆらり揺れて　この世が変わる
いっそそのほうが　いいんじゃないの

「おい、なんだか物騒な唄になってるな」

と、民斎は言った。

元唄は、「揺れる」と言っても、それは気持ちのなかのことである。だが、これはじっさいの地震のことになっている。

しかも、この世が変わったほうがいいみたいに受け取れる。ご政道批判の匂いもぷんぷんする。

「そうでしょう。しかも、つづきなのか、別につくったのか、こんな唄もあるの」

と、亀吉はもう一番口ずさんだ。

ゆらり揺れて　おぬしとわしと

　しがらみだらけの　憂世《うきよ》を捨てて
　ゆらり揺れて　二人船のなか
　遠い世界に　旅立ちたいぞ

「おぬしとわしと？」

民斎は首をかしげた。

「変でしょ？」

「これじゃあ、まるで男と男ではないか」

「そう」

「こんな唄、亀吉姐さんがつくるわけがない」

「もちろんよ。でも、あたし、この唄がうたわれたところにはいたの」

亀吉が妙なことを言った。

「え？」

「半月ほど前だったか、日本橋の〈百川《ももかわ》〉でお座敷に呼ばれたんだけど、なんか変なお客さんで、立派な身なりのお侍と、きれいな若衆の二人連れだった」

「ほう」

「しかも、二人はいちゃいちゃして、気持ち悪いったらありゃしない。もう、人前で口吸いなんかするのよ。それで、二人で立ち上がり、この唄をうたったの。立派な身なりのほうが、替え唄をつくった、これはわしらのことだって」

「わしらのこと……その身なりのいいほうの顔は見たかい？」

「それが、いつも大きな扇子で顔を隠すようにしてたので、あんまり覚えてないの」

「なるほど」

「だから、二つ目の替え唄のほうは、その人たちが作ったんだろうけど、もう一つのほうは知らない」

「ま、さっきも言ったように、亀吉姐さんのことはわしが守るから、心配する必要はない」

民斎は力を込めてそう言うと、自分の家に入らず、また町に繰《く》り出した。

六

民斎がやって来たのは、日本橋に近い浮世小路《うきよしようじ》にある料亭の百川だった。

半月ほど前、亀吉がここで矢部駿河守らしき男と若衆の痴態を目《ま》の当たりにした。

その矢部らしき男は、当然、贋者《にせもの》に決まっている。

だが、それが矢部を陥れるための陰謀の一端であることは間違いない。

となれば、おそらく同じ日に、本物の矢部駿河守も、お忍びでこの百川に入っていたのではないか。

「よう、ちょっと、ちょっと」

民斎は、裏口のほうにいた仲居らしき女を手招きした。

「なに?」

「訊きたいことがあるんだよ」

と、すばやく二朱《しゅ》銀を握らせた。

「まあ」

顔色が変わった。仲居に握らせるには大金である。

「半月前ごろかな、ここに男連れの客が来ていたはずなんだよ」

「あ、来てました。花唄の亀吉姐さんを呼んだお客さんでしょ」

「そうそう」

さすがに覚えている。男連れで、いまをときめく花唄の亀吉の座敷だから、忘れるわけはないだろう。

「あたし、その部屋の係りだったんですよ」

仲居は自慢げに言った。

「そりゃあ、凄《すご》い。べったりついてたのかい？」

「そうしたかったけど、それはできませんよ。二階の端から四部屋分はあたしが担当しますのでね」

「それに、別の部屋で、身なりのいいお侍が入った部屋というのはなかったかい？」

「ありました」

仲居はすぐにうなずいた。

「どういう客だったい？」

「すぐ隣の部屋なんですが、やはりいい身なりのお侍がけっこうな大年増《おおどしま》の女の人とお二人で逢《あ》ってました」

「怪しい雰囲気だったかい？」

「いいえ。なんかお互い昔のなじみで、そのころはなんかあったかもしれないけど、いまは懐《なつ》かしいだけみたいな」

「どんな話をしてた？」

「困ったときのおまじないがあると言って、女の方が教えていたんです。こんなふうにやるといいって」

仲居は両手を上げ、頭のわきあたりでひらひらさせた。

「踊っているみたいだな」

「そうですね。でも、どこか南の島でやるんだそうですよ」

「へえ、南の島ねえ」

矢部の奥方が、踊りの稽古と言ったのは、たぶんこれのことだろう。

「刀はどうした？　その侍の」

「それは次の間の刀掛けに置き、奥へ入られたでしょうね」

「次の間のな」

であれば、そっと脇差をすり替えることもできたはずである。こうして、小太郎命と記された脇差が、いま矢部の元にある。

「面白い女の人で、あれはまだまだもてるでしょうね」

仲居が感心したように言った。

「へえ」

「変わった名前で、そうそう、たしかおみずさんて」

「おみず……」

思いがけない名が飛び出した。

だが、そういえばおみずは、前からちらちら矢部の名を出していた。それは、昔からのなじみだったからだ。

ということは、あの日、母と娘が隣り合って、しかも一つの陰謀を片棒《かたぼう》ずつ担いでいたことになる。

当然、二人とも利用されているので、ということは首謀者はそう遠くないところにいるのかもしれない。

とにかく、これで陰謀の概略はつかんだはずである。

その日、矢部駿河守は、若衆とは別の相手と会った。

だいたいのところは合わせておいて、わきでまるで違う芝居が演じられている。そして、いざというときは芝居のほうを真実だと言い触らすのだ。たぶん書かれる筋書きは、矢部が若衆にべた惚《ぼ》れし、心中の約束をしたのに、結局、怖くなって逃げたと、おおかたそんなところだろう。

当然、矢部は言い逃れができなくなる。

言い触らす前に、先手を打ち、こういう陰謀があると公表したほうがいい。

民斎は、気は進まないが、まずは平田にこれまでのことを話すことにした。同心からお奉行に直接話すのは、やはりはばかられる。

平田は話を聞き、

「なんと、それはお奉行を陥れようとする陰謀ではないか」

と、大仰《おおぎょう》に目を剝《む》いて言った。

「ですから陰謀だと」

「じつにけしからぬ」

「だが、まだまだわからぬことだらけです。首謀者の正体はもちろんですが、もう一つの花唄で、ご政道批判めいた唄を流行らせようとしているのも、そいつらかどうかわかっていません」

「うむ。そっちはおいおいそなたが明らかにするとして、いまはお奉行を守ることが大事」

と、平田はさっそく矢部にご注進に行くつもりらしく、民斎に背中を向け、

「まったく、わしがいないと、あのお奉行は駄目だな」

などとつぶやいた。

「平田さまがいないと？」

「陰謀に気づくのもわしくらいだろうが」

「それはわたしが……」

「いや、そなたはこういう妙なことがあるとは言った。だが、それがお奉行を陥れようとする陰謀だと気づいたのはわしだ」

「は？」

「わしに決まっている。それはわしじゃ」

「…………」

またしても平田は、この鬼堂民斎から手柄を奪い去るつもりらしかった。

家紋屋とはなんだ

一

鬼堂民斎という男は、だいたいいつも機嫌がいい。

危難に出遭《であ》っても、鬱陶《うっとう》しいことがつづいても、どこかのんびりして、気がつくと鼻唄《はなうた》なんかうたったりしている。子どものときから、

「この子は上の子の春斎《しゅんさい》と違って、いつもにこにこして、育てやすい子だった」

母親がよくそう言っていたほどだった。

ただ、口のなかに問題があるときは別である。

民斎は食事のあと、爪楊枝《つまようじ》で歯の掃除《そうじ》をするのを怠《おこた》らないが、そのとき先っぽが折れ、歯茎《はぐき》に突き刺さってなかなか取れないことがある。

しょっちゅうではなく、せいぜい年に二、三回あるかないかなのだが、そのときばかりは駄目である。どうしても機嫌が悪くなる。

この日もまさにその、爪楊枝の椿事《ちんじ》の日だった。

「もうすぐここに、相談ごとがあると言って来る男がいるんだよ」

民斎の前に立った男がだしぬけにそう言った。

ここは西堀留川《にしほりどめ》の奥のほうに架《か》かる道浄橋《どうじょう》のたもとである。室町《むろまち》あたりの大店《おおだな》に運び込まれる荷物が絶えず舟で上がって来ている。

男の後ろにはもう一人いて、どっちも顔色が悪く、ちょっとすさんだ雰囲気がある。どうせよからぬことを仕組んだに違いない。

ふだんからあまり幸せな思いをしていない連中だろう。根は素直なところもあるのに、巡《めぐ》り合わせが悪く、やくざになってしまったとか、そういう類《たぐ》いかもしれない。

「どういう相談ごとかな？」

民斎は舌先で楊枝の先を探りながら、面倒臭そうに訊《き》いた。

「そいつは商家のあるじで、家紋《かもん》を替えるように勧《すす》められ、迷っているんだ。だが、家紋を替えると、凄《すご》くいいことがあると言ってやれ。もちろん、占ったふりをしてだぞ」

「嫌《いや》だな」

民斎は一蹴《いっしゅう》した。

「礼はする。五十文《もん》やる」

「五十文ごときででたらめを言うのは嫌だ」

「二百文」

「ふん」

まったく相手にしない。

というより、口のなかが鬱陶しいから、相手をしたくないのだ。

「よし、わかった。五百文出そう。これ以上は無理だ」

「だから、嫌だと言っているだろうが」

「お前、馬鹿か。これはその男のためにもなるんだぞ」

「そんなのは関係ない。それより、お前たちの人相を観《み》たが、ひどく悪いな」

「え？」

「お前たち、ひどい死に方をするぞ」

早くいなくなって欲しくて、適当なことを言った。じっさいは、ごくふつうの人相である。

「そんなわけない」

「信じないならいい。ほら、さっさと消えろ」

「この易者、ふざけやがって」

と、摑《つか》みかかってきた。

向こうはちょっと脅《おど》かすくらいのつもりでやったのだろうが、なにせ民斎は機嫌が悪い。さっと手を逆手《ぎやくて》に取り、放り投げ、もう一人のわき腹にもすばやくこぶしを叩《たた》き込んだ。

「ううっ」

二人は民斎の意外な強さに驚いたらしく、それ以上、逆らうようすは見せない。

「これ以上、わしに手出しすると、ほんとに死ぬ羽目になるぞ」

「わかった、わかった。乱暴な易者だな」

文句を言いながら、立ち去って行った。

——ん？

暴れたのがよかったのか、口のなかの楊枝が取れていた。

やっとすっきりしたら、もうちょっとあいつらの相手をしてやればよかったと、後悔した。

二

それからほどなくして――。

「あのう」

品のいい四十ほどの町人がやって来た。

このあたりの大店のあるじといったところか。

「なんですか？」

「あたしは大伝馬町《おおてんまちょう》で店をやっている者ですが、じつは家紋を替えろという話がありましてな」

「家紋を？」

さっきのやくざ者たちが言っていた男だろう。やっぱり何か仕組んでいた。

「家紋屋を名乗る二人組が先日店に来て言うことによると、いまの家紋を使っていると、いろいろくでもないことが起きるらしいのです。また、じっさい、わたしの身にそういうことが起きていましてな」

「家紋屋？」

そんな商売があるのは初めて聞いた。

「それで、どういう家紋に替えろというのです?」

「うちはもともと丸に扇の入った家紋を使っていたのですが、こんなものに替えろというのです」

紙に描いてあったのは、◓という紋である。

「ずいぶん簡単なものですな」

「ええ」

目立つことは目立つだろうが、なんか家紋らしくない。

「やくざのいちゃもんみたいなものでしょう。金は要求されなかったんですか?」

と、民斎は言った。

「いや、多少、柄《がら》は悪かったですが、それほど悪い奴《やつ》らじゃないみたいです。それに、きちんとした人たちの紹介で来たのです」

「あ、そうなのですか?」

もしかしたら、ちょっとやりすぎだったかもしれない。

「ただ、よくわからないところがありました」

「そりゃあ、ありますよ。だいいち、家紋屋というのは胡散臭《うさんくさ》い」

「だが、本当にあるみたいですよ」

「家紋屋が?」

「はい」

いつの間にそんな商売ができたのだろう。

「それで、わたしにご用とは?」

「ほんとに家紋を替えるといいことがあるものなのか、占ってもらおうかなと思いましてね」

結局、あいつらに言われたことをする羽目《はめ》になった。

だが、どんな掛《け》が出るかはわからないのだ。

筮竹《ぜいちく》を引かせ、結果を見ると——、

「ほう」

意外な卦である。

「どうでした?」

「あなた、もしかして、連れ合いを亡くされた?」

と、民斎は訊いた。

「はい。昨年亡くしまして、落胆しておりました」

「だが、家紋を替えると、いい後妻が見つかると出ていますな」

それは、けっこうはっきりと出ている。

「そうですか」

男は嬉《うれ》しそうに笑った。よほど後妻を望んでいるのか。

「どうします、また連中が来たら？」

「ええ。考えてみます」

民斎もなにやら狐《きつね》につままれたような気持ちである。

三

次にやって来たのは、なんと与力の平田源三郎だった。

民斎は毎日座るところを平田には伝えないようにしているのだが、平田のほうはときどきこうしてやって来る。おおかた桃太郎一派の平田の子分の犬と猿と雉《きじ》が、民斎を見かけるたびに報告しているのだろう。

「民斎。お奉行を陥《おとしい》れようと画策している奴がわかったぞ」

と、平田は自慢げに言った。

「誰ですか?」

「目付の鳥居耀蔵《ようぞう》という男だ」

「目付ですか」

町方は町人の悪事を探るが、目付は武士の悪事を探る。お奉行も、面倒臭い奴に目をつけられたものである。

「こいつはもともと大学頭《だいがくのかみ》の林述斎《はやしじゅっさい》の息子で、鳥居家に養子に入ったのだ」

「そうなのですか」

民斎は、適当に相槌《あいづち》を打った。それがどうしたというのだろう。

「林家というのは、うちの親類なんだ」

「え?」

林家といったら、代々、優秀な奴を輩出する家ではないか。その親戚で、平田のような頭の鈍《にぶ》い奴が出てくるものだろうか。

「だいたい名前に平とか田とか木とか川とかが入るのは、うちの系統なんだ。徳川に松平もそうだろう」

ずいぶん大きく出たものである。

「じゃあ、鳥居なんたらもぜんぜん怖くないですね」

「ところが、身内同士のいがみ合いは、意外にこじれるのだ」

身内？　鳥居耀蔵も平田たち桃太郎一派ということか？

「しかも、お奉行がそういうことに無頓着《むとんちゃく》だろう。下手《へた》すると、足を引っ張られる恐れは大なのだ」

「はあ」

あまり関わりたくない話になってきた。

だが、身内同士で足の引っ張り合いをしてくれる分には、平田一派の力を弱めるにはいいのかもしれない。

四

昼どきになって――。
民斎は、昼飯を食うため、机を置いたまま近くを歩いてみた。そこで〈変わりそば自慢〉と書かれた大きなそば屋に入ろうとして、そののれんにおかしな家紋を見つけた。

∞

こんな単純な家紋はいままでなかったはずである。あの◓とも似ている。

やはり、例の奴らと関係があるのか。

変わりそばの、卵を二個落とした〈目玉そば〉を頼み、

「のれんの模様はここの家紋かい？」

と、そばを運んで来た若い娘に訊いた。

「さあ」

「あんた、この家の人じゃないのか？」

「あたしはただ、お給金もらっているだけですので」

みると、そういう娘っ子が五人ほど働いている。

かなり繁盛《はんじょう》しているが、まさか家紋のせいというわけではないだろう。

店の奥にはあるじもいそうだが、わざわざ呼び出すほどでもない。

食べ終えて、室町あたりを歩いてみる。

すると、大通りに面したところで、あの◓の家紋に出会った。

一瞬、

「もう、替えたのか？」

と思ってなかをのぞくが、どうもあの人物の店とは違うらしい。そういえば、あの男は大伝馬町で店をやっていると言っていた。

小間物屋で、三十半《なか》ばほどの女将《おかみ》が、愛想《あいそ》よく客の相手をしている。

もっとも、同じ家紋は、とくに不思議なものではない。

同じ家紋の家などはいくらもあるし、本家と分家で微妙に変えて使っていたりもする。

——家紋占いというのはいいかもしれない。

民斎は急にそんなことを思いついた。

その家紋が果たして縁起のいいものか、いまの自分に合っているか。そういう診断をしてやる。合っていないときは、ほかの家紋を勧める。

家紋を売りつけるのではなく、いままでにあるものから紹介してやるのだ。

そんな占いを、いままで誰かがやったというのも聞いたことがない。つまり、民斎が元祖になれるかもしれない。

同心の仕事を辞《や》める気はないが、二足のわらじみたいになっている易者のほうを、もっと儲《もう》かるようにするのもいい。なんといっても金は役に立つ。

そこまで考えてはたと気がついた。これが家紋屋か、と。

ともあれ、家紋については、あの高畠主水之介が詳しいかもしれない。なにせ、なんにでもひとこと言いたい人なのだ。

五

民斎はさっそく、高畠主水之介のところ——というより、亀吉の家にやって来た。

主水之介はこの長屋に、すっかり居候《いそうろう》を決め込んでいる。亀吉がお弟子に稽古をつけるときは邪魔になるだろうが、近ごろは売れっ子になったおかげで、近所に稽古場を一軒借り、お弟子たちはそっちに行くようになったらしい。

それで家をのぞくと、主水之介は横になっていた。

「先生」

声をかけても返事がない。

「先生。鬼堂民斎です」

ぴくりともしない。

死んでいるのかと思って、上がって顔をのぞき込むと、なんと目を開けている。

民斎もぎょっとしたが、

「うわっ、びっくりした！」

主水之介は跳《は》ね起きた。

「びっくりするのはこっちですよ。声をかけても返事がないから」

「ああ、わしは思索に集中すると、外の音が聞こえなくなるのだ」

「なにをそんなに考えているので？」

「うむ。万物が動いているということについてな」

「万物が動いている？」

また、わけのわからないことを考えたものである。

「それはなんの力で動いているのかと」

「はあ」

「止まっているように見えても、じつは動いている」

「いや、止まっているものは止まっているでしょう」

「それは目に見えないだけで、おそらく止まっているものも動いている」

これは駄目だろう。亀吉はよくこんなわけのわからない父親と暮らしているものだと、つくづく感心する。

「ま、先生。そんな難しいことはさておき、今日は家紋のことをお教えねがいたいとやって来たのですよ」

「家紋？　それはいいところに気づいたな」

「いいところですか？」

「家紋をたどると、このあいだ、わしが話した日本人三方流入説につながるのだ」

「三方から来たという話は伺《うかが》いましたが、そんな名前までは」

「名前などはどうでもいい。ただ、家紋の流れをたどれば、この三方から来た説は相当、証明されるはずなのじゃ」

「はずとおっしゃるということは、まだ解明は進んでないのですね？」

「うむ。そもそも家紋がいつぐらいからあったかだが、記紀万葉《ききまんよう》のころはまったく見当たらない」

「ずいぶん前の話ですね」

民斎は頭のなかで何年くらい前のことかと考えたが、まるで見当がつかない。

「うむ。蘇我《そが》氏だの秦《はた》氏だのが活躍するころは、おそらく使っていなかった。その後、京に都が置かれたころ、有力な貴族が自分だけの模様を牛車《ぎっしゃ》や持ち物に描くことがおこなわれるようになったらしい」

「それが最初ですね」

「いや、それは一人の人物だけが使ったので、いわゆる家紋ではない」

主水之介の話は、遠回りが多い。自分の知識をひけらかしたいのが見え見えである。

「なるほど。では、家紋はいつ？」

「うむ。どうも、都ではなく、田舎《いなか》のほうで力をつけ始めた武士たちが、他の家と区別をするため、つくり始めたらしいな」

「ということは、けっこう新しいんじゃないですか？」

「まあな」

「三方から人が入って来たというのは、もっと前の話でしょ？」

「もっと前から始まったが、だらだらと流入はつづいているぞ」

「どうもわかりませんな」

そこらをはっきりさせてくれないと、家紋占いには使えない。

「いまは、町人でも百姓でも、自分の家紋を持つことはとくに禁じられていない。だから、町人の家紋などはちょっと変えてあったりして、いろんなものが生まれた。だが、大名家あたりが使っているのは、古いものが多いな」

「大名家の？」

「それは切絵図《きりえず》に載《の》っているからわかりやすいだろう」

「なるほど」

「いちばん古いものは？　と訊かれると、答えるのは難しいが、京の帝《みかど》の家が使われる菊のご紋は当然、古いだろうな」

「ははあ」

「家紋を大きく分けると、花とか葉っぱを模様にしたものがある。また、生き物を使った紋もある。その他、道具を家紋にしたものもある」

「花とか葉っぱは北からの一族の子孫、生き物は南からの一族、道具は西からの一族が使っていたのでは？」

「いやいや、そんな単純なものではない」

では、なんなのか。もっとすぱっと決着をつけてもらいたい。

「ぜんぶで、いくつくらいあるのでしょう？」

「わしが調べたところでは、基本のかたちは二百ほど。だが、それを変形させたものもあって、いまでは数千といったところだろう」

「そんなにありますか」

「それを系列にわけ、古いものから並べるという研究をしなければならぬ。民斎さん、そなた、やってみるか」

「いや、わたしは」

そういう、地道な研究はしたくない。他人が地道に研究したものをさっと見て、自分の勘《かん》でいろいろ判断するほうが得意である。

「まあ、どうせ、わしはたいがいの家紋を知っているがな」

だったら、あんたがやれと言いたいが、

「では、この家紋は？」

と、◓の紋を主水之介の前で描いた。

「な、なんじゃ、これは？」

主水之介は目を瞠《みは》った。

「どこか有名な家の家紋ですか？」

「いや、こんなものは見たことがない」

「見たことないんですか？　じゃあ、こっちは？」

と、そば屋で見た∞の模様も描いてみせた。

「これも知らぬ。なんだ、なんだ。わしは知らぬぞ」

主水之介は慌《あわ》てたように、髪の毛をかきむしった。

「まあまあ、先生、落ち着いて」

「急にわしの知らない世界が現われると、わしはびっくりして、頭をかきむしるのだ」

「では、これらは家紋じゃないかもしれないのですね？」

「家紋だったら、なにか得体《えたい》のしれない世の中の動きが始まろうとしているか……」

それほど大げさなものではないだろう。

六

主水之介のはっきりしないうんちく話を聞かされて、外に出ると、路地のところで亀吉に出会った。

「あら、民斎さん」

微笑《ほほえ》んだ顔はやっぱり美しい。

近ごろは売れっ子になって、民斎からすると、どんどん手の届かないところに行くようで、気が気でない。

「いま、お父上に教えを乞《こ》うてきたところなんだ」

「教えをねえ。でも、父の言うことって、ぜんぶ本当とは限りませんよ」

「そりゃあ、まあ」

「自分で妄想《もうそう》したことがずいぶん入るから」

この娘は、父親の性格をよくわかっている。

「ところで、亀吉姐《ねえ》さんはこのところ、瓦版《かわらばん》屋だの、奉行所の者から、追いかけられていただろう？」

「もう、大変だったわよ」

「皆、あの花唄のことで？」

「そう。〈ゆらり揺《ゆ》れて〉のこと。あたしはただ、女の揺れる恋ごころを唄にしただけなのに、世の中を騒がす気かとか、男と男の恋を賛美しただろうとか、頓《とん》珍漢《ちんかん》なことを言われて弱っちまったわよ」

「それって替え唄のほうだろ?」

「ええ。誰がつくったのかしら」

「うむ」

たぶん、男と男のやつは、目付がお奉行を陥れるためにでっち上げたのだ。

だが、もう一つの地震や津波のやつは、そういうのではない気がする。

亀吉のつくった元唄があまりにもいいので、大流行した。しかも、短いもので一番までしかない。すると、二番とか三番を付け足して、勝手に唄う奴もかならず出てくるのだ。

とくに亀吉を陥れようとしたわけではなくても、とばっちりは元唄をつくった亀吉に降りかかってくる。

「でも、うちの母が矢部駿河守さまの知り合いで、誤解も解いてくれたらしいの。でないと、手が後ろに回っていたかもしれないわ」

亀吉はぞっとしたように言った。

七

三日後――。

民斎は珍しく、まだ道浄橋のたもとに座っている。あの家紋のことが気になっているのだ。なにか悪事とからむのか、それくらいは隠密同心としてはっきりさせておきたい。

「易者さん」

と、やって来たのは、この前の大伝馬町のあるじではないか。

「やあ、どうしました」

「あのあと、また例の二人組が来たので、易者さんの八卦《はっけ》の結果もあったので替えてみました」

「あの半月みたいな家紋に？」

「ええ。すると、その日のうちでしたよ。室町に住む女の人があたしの店に来まして、いろいろ話すうちにすっかり意気投合いたしました」

「ほう」

「すると、相手も連れ合いを亡くしたみたいで」

「では、もしかしたら……」

民斎がそう言うと、

「ええ、もしかするかもしれません」

「へえ。そんなにすぐに福が来ますかね？」

「家紋の力を舐《な》めてはいけませんな」

「その家紋屋はきちんとした紹介があって来たとおっしゃってましたね？」

と、民斎は訊いた。

「そうですよ？」

「どういう人です？」

「それはちょっと。ただ、この界隈《かいわい》、いや江戸の商人でこの人を知らないのは、たぶん一人もいないでしょうね」

この界隈で、知らない人がいないといったら、それはもう駿河町《するがちょう》の越後屋《えちご》か、山田山海苔店《やまだやまのり》くらいしかない。

「ぱりぱりっとするのを売るほうですかな？」

民斎が軽く探りを入れると、あるじは微笑んで言った。

「さすがですな」

八

――山田山海苔店が家紋屋の手伝いをしている？

それは気になる話である。

あんな大店のあるじが、なぜそんな胡散臭い商売の手伝いをしなければならないのか。なにか得することでもあるのだろうか。

民斎は頭をひねった。

あるじの話を確かめるため、大伝馬町を歩いてみた。

あの家紋はすぐに見つかった。

大きなろうそく屋である。卸《おろし》もしているのだろう。

中をそっとのぞくと、あのあるじが客と楽しそうに話をしている。

民斎は驚いた。その客はなんと、室町でやはり同じ家紋を出していた小間物屋の女将ではないか。

――ん？

なんとなくぼんやり見えてきた。

面白い考えである。なるほど、と手を打ちたくなった。

だが、そんなことを山田山海苔店がやるかという気がする。

もう少し突っ込んでみたいが、だが、相手は山田山海苔店である。町人とはいえ、その財力は大名並みで、むろんほうぼうに人脈も伸ばしているはずである。

いっかいの隠密同心ごときが突っ込める相手ではない。

そう思って、この場所も引き上げどきかと立ち上がりかけたとき、

「鬼堂民斎さま」

と、前に人が立った。

——嘘《うそ》だろう？

目を疑った。

こっちはこの人物を知っている。奉行所などにも、江戸の町人を代表して、よく挨拶《あいさつ》に来ているのだ。ただ、この人物はこっちを知るわけがない。

「なんでしょう？」

「わたしは、山田山忠左衛門《ちゅうざえもん》と申しまして」

やはりそうだった。

「山田山海苔店のあるじの？」

「はい」

「わたしになにか？」

「おそらく鬼堂さまこそ、われら一族の者をお救いくださるお方」

「は？」

「先祖が書き残した文書などを読むにつれ、そうした気持ちは強くなる一方にございます」

「こちとらは、困惑する一方にございます」

民斎はふざけた調子で言った。

「あ、そうでしたな。もちろん突然そんなことを言われても、困惑なさいますでしょう。だが、それはおいおい」

山田山はそう言って立ち去ろうとするが、

「山田山さん。そんなわけのわからぬ話ではなく、訊きたいことがあるのですが」

「なんでございましょう？」

「家紋屋の手伝いをなさっているとか？」

「あ、ご存じでしたか？」

本当に困ったような顔をした。

「面白いことを考えましたな」

「と、おっしゃいますと、まさかあのからくりが？」

「たぶん」

民斎はうなずいた。

山田山はまさかという顔をしている。

それなら、民斎が想像したからくりを話すしかない。

「わたしが見たのは、◓の家紋。これを勧められたという人がわたしのところに相談に来ましてな」

「そうでしたか」

「なんでわざわざそんなことをしなければならないのか。たぶん、その◓の家紋は、連れ合いを亡くしましたという目印なのでしょう。さらに、新たな連れ合いを求めていますよと伝えたいのでしょう」

「ほう」

山田山は感心したように目を瞠った。

「つまり、大っぴらには言いにくいが、ぜひ、大勢の人に知ってもらいたいというとき、家紋として使うのです。家紋なら、店の前などに堂々と掲《かか》げられますからな」

「わざわざ家紋にして？」

と、山田山は訊いた。

「家紋なら恥ずかしくないでしょう。しかも、大勢の人に知らせたいと言っても、誰でもかまわないわけではない。その人にふさわしい相手を見つけないといけない。それをさせるのは、山田山さんなど、ちゃんとした人たちの推薦《すいせん》がもらえる人だけ」

「ははあ。でも、そんないい話なら、打ち明けてしまったほうがいいのでは？それなら鬼堂さまのところに相談に行くこともないでしょう」

「いや、それは違う。打ち明けてから断わられるのは困るだろう」

「…………」

山田山は黙って民斎を見ている。指摘は当たっているのだ。

「この仲間は秘密裡《ひみつり》のものにしたい。お互い、さまざまな利点はあるが、結びつきはないしょにしておく」

「…………」

「ほかにも理由はある。打ち明けないまま家紋を使わせたほうが、効果も上がるのでしょう。人というのは、天啓《てんけい》のようにやって来たものには、ついつい心を開くものです」

「…………」

「わたしは、もう一つ、似たような家紋も見つけた。∞というやつです。これは、なにか、考えた。大っぴらには言いにくいが、知ってもらいたいこと。年ごろの倅《せがれ》や娘がいますというのはどうかな」

「ははあ」

山田山は手を叩いた。

「あるいは、こんなのはどうだ？　最近、囲碁《いご》や将棋《しょうぎ》を始めました。うまくはないが、ぜひ一局、お付き合いください」

「なるほど」

山田山は嬉しそうに笑った。

「どうだな？」

民斎は訊いた。

本当のことを答えるか？　別に答えなくても山田山はかまわないのだ。

「さすがに鬼堂民斎さま。そこまで見破るとは思いませんでした」

「当たったか？」

「はい」

「面白いが、嫌みなことを考えたな」

民斎は皮肉を込めて言った。

「嫌みでございましょうか？」

「恵まれた者たちだけで結びつこうというのだろうが」

明らかにそういうことだろう。

民斎はそういうのは嫌いである。町方として町人のために尽くしてきた自負がある。それは、富める者にも、貧しい者にもである。

「ま、それは」

山田山は含みのある笑顔を見せた。

「それと、わたしは一族を救うとか、そんなたいした者ではない。そういう過剰な期待は迷惑だ」

民斎はそう言って、そっぽを向いた。

家紋屋のからくりはこれで明らかにしたつもりである。ところが――。
この家紋、意外な広がりをみせるのだった。

犬の妻

一

この日、鬼堂民斎は、木挽町の長屋からも近い三原橋《みはらばし》のたもとに座った。

近ごろ、遠くに行くことが少なくなっている。疲れているのか、あるいは勘《かん》が、あまり遠くに行かないほうがいいと報《しら》せてくれているのか。

たぶん後者だろう。民斎の、そうした勘はおそらくかなり優れている。

座ってまもなくである。

「じつは、今度、犬を嫁にすることになったのですが」

「…………」

かなりおかしな客が来た。

まあ易者をしていると、そういうのは珍しくないが、今日のはまた、とびきりおかしそうである。

「それで、わたしは幸せになれるかどうか、観《み》ていただきたいと思いまして」

そう言って、民斎の顔をじいっと見た。

素直そうな若い武士である。二十歳《はたち》をいくつか出たくらいではないか。好男子だが不器用そうな様子。民斎もそうだからわかるのだが、たぶんこの手の若者はあまり女にはもてない。まさかそれで人間の嫁は諦《あきら》めたのか。

「もう一度伺《うかが》いたいが、犬を嫁にすることになったたって？」

「はい」

「ううむ。わしは身分違いの男女が夫婦になることも反対せぬ。男同士、女同士も、当人たちが好きでくっつくなら仕方あるまい。だが、なにもわざわざ犬を嫁にもらわなくてもいいのではないか？」

「わたしもそう思うのですが」

「祝言《しゅうげん》とかはどうするんだ？」

「いちおうやることになっています」

「犬に、三三九度《さんさんくど》をやれるのか？」

「やれないですよね？」

「おれに訊《き》くなよ。やれないだろう、普通は」

「でも、祝言には身内の者しか出ないと思いますので」

そこらへんは適当にやれるということか。

「身内は反対してないのか？」

と、さらに訊いた。

「逆です。家の者がしつこく勧《すす》めるので、わたしが折れたのです」

「…………」

これは相当あぶない家らしい。

それに、こういう相談を易者とはいえ、見ず知らずの相手にいきなりするだろうか。犬を嫁にもらうことが異常だとは思っていないのか。とすると、やはりこの若者もかなりあぶない。

「ほんとに観るのかい?」

民斎も興味がないわけではない。

いや、むしろ興味津々《きょうみしんしん》である。人間と犬の夫婦生活を占う機会など、滅多《めった》にない。

「ぜひ」

と、若い男はうなずいた。

「では、まず、名前を伺おうか」

「加美賀作右衛門《かみがさくえもん》といいます。小普請《こぶしん》方で四十石をいただく身分です」

別に身分までは訊いていないが、自分から言った。相当、軽輩《けいはい》だが、町方の同心が人のことを言えない。身分で言ったら、足軽並みというのが、町方の同心である。

「わしは手相、人相から八卦《はっけ》、姓名、生年月日など、なんでも観るが、なにがいい？」

いちばん当たるのは鬼占いだが、それは商売では滅多に使わない。

「では、姓名で」

「うむ。あんたの名はわかった。妻になる犬の名前は？」

「いや、まだ、どの犬になるかは決まっていないので」

「犬ならなんでもいいのか？」

「それはないでしょう。牡《おす》は駄目ですし」

「ううむ。あんた、八犬士の一人じゃないよね？」

「馬琴《ばきん》の戯作《げさく》ですか？　いや、そんなんじゃないです」

曲亭《きょくてい》馬琴の『南総里見八犬伝《なんそうさとみはっけんでん》』では、主人公の八犬士たちは犬とお姫さまのあいだに生まれた子どもたちだ。

「では、とりあえず〝犬〟が名前ということで観てみるぞ」

「はい」

まず姓名の画数を出し、いろいろ足したり引いたりする。犬は苗字か名前かわからないが、苗字のない奴《やつ》なんか江戸にはいっぱいいるから、それで不都合はない。

やがて、観えてきたものは――。

「そんな馬鹿な」

と、民斎は驚いた。

「どうしたんですか？」

「いや、なに。ちょっと八卦もやらせてくれ」

急いで筮竹《ぜいちく》を取り出し、相手に抜かせたりせず、さっさと卦を占った。

「やっぱりそうなのか」

民斎がつぶやくと、

「どうです？」

作右衛門は心配そうに訊いた。

「いや、あんた、〝犬〟さんとの相性は素晴らしくいいね」

と、民斎は呆《あき》れたように言った。事実、姓名判断でも八卦でも、そういうふうに出たのである。

この婚姻、まさに妙縁。結ばれれば、夫婦円満、家内安全。それまで身辺にあった不吉はすべて消え失せ、明るい笑いに満ちた暮らしが訪れる。運気も上がる一方。ただし、子宝には恵まれず。

「そうなんですか？」

訊いた当人もびっくりした。

「あんた、戌《いぬ》年生まれ？」

「違います」

「犬にときどき餌《えさ》やったりしてきた？」

「それはあんまり」

「なんだろうね。こんなに犬と相性がいいって？」

民斎も不思議である。

どんな人間の妻をもらっても、こんなにいい運勢が出ることはないだろう。

二

「そうですか。幸せになれると聞いたら、わたしの覚悟もできました」

加美賀作右衛門は、ぎゅっとこぶしを握《にぎ》り締《し》めて言った。

「別に覚悟なんかしなくてもいいんだぞ」

「いや。犬を嫁にするなんてことは、相当な覚悟がないとできません」

「そうかね」

民斎は首をかしげた。

それは他人には言いにくい。笑われたり、馬鹿にされたりする恐れがある。

だが、相手が犬だったら、別れるときも楽だし、妻からただの飼い犬に格下げにしたっていいし、実家の親が出て来て文句を言ったりしないだろう。民斎のところみたいに、波乗一族なんていう面倒臭い親戚《しんせき》がいたりすることもない。

「だって、犬が妻ですよ。易者さん、聞いたこと、あります？」

「ないね」

いちおう、いかに異常なことかはわかっているらしい。

「跡継ぎの問題もあるし」

「おい、犬とのあいだに子どもができると思っているのか？」

「駄目ですか？」

「たぶん、駄目だと思うぞ」

さっきの占いにも、子宝には恵まれないとあった。

「それで、相手の犬はどうやって選ぶのだ？」

「探し回ってみます。どうせ嫁にするなら、やっぱり若くて可愛《かわい》い犬がいいですからね」

「そりゃそうだろうな」

「色黒よりは色白がいいし」

「色白って、白い犬ってことか」

「ええ。それに、わたしは、あの狆《ちん》というやつはどうにも駄目なんです。狆がくしゃみした顔なんざ、見られたものじゃないですよ」

「そうかね」

民斎は、狆は狆なりに可愛いと思うが、あれに人間の女がそっくりだとすると、可愛いかどうかは微妙かもしれない。

「では、相手の犬を探して来ますから、連れて来たら相性を観てもらえますか？」

「ああ、かまわんよ」

加美賀作右衛門はいなくなった。

それからしばらくして——。

向こうから民斎の直属の上役に当たる平田源三郎がやって来るのが見えた。今日は雉《きじ》を一匹、子分に連れている。

「いよっ、民斎」

「むふっ」

思わず顔をそむけた。

相変わらず強烈な口臭をまき散らしている。子分たちからすると、この臭いは芳香に思えるのだろうか。

「お奉行から通達が出たのだ」

と、平田は言った。

「はあ」

「邪教の動向を見張《みは》れということだ」

「邪教ってなんですか？」

「ま、代表的なのはキリシタンだが、そのほかにもいろいろある。不受不施派《ふじゅふせ》や富士《ふじ》信仰なんてのも胡散《うさん》臭い連中だ」

「お奉行がわざわざ？」

「うむ。このあいだ、妙な連中に陥《おとしい》れられそうになったのも、そこらがからんでいると思ったのではないかな」

「いや、あれは目付の鳥居なんたらが」

「その鳥居の背後には邪教がいるかもしれねえだろ」

そんな背後を窺《うかが》うより、まずは鳥居を牽制《けんせい》するほうが先なのではないか。どうもあのお奉行は、人格的には立派だが、わきが甘い。

平田の命令にはできるだけ逆《さか》らいたいので、

「だが、わたしはいま、水回り担当ですから、邪教の筋はあまり関係ないのでは？」

と、民斎は言った。

「馬鹿。邪教にはまる連中の考えることは無茶苦茶だから、どこに出没するか、常人には読めないのだ。水回りに出て来ることも充分あり得るぞ」

平田がそう言うと、わきから雉岡《きじおか》が、

「そうですよね。それに平田さま、水神だの海神だの河童《かっぱ》だの、水に関わる神仏もいっぱいありますよ」

と、媚《こ》びた口調で言った。

「河童はともかく、そういうことだ、民斎」

「わかりました」

「あ、そうだ。たまには占いで邪教の動向でも探ってみろ」

平田はさらに、とんでもないことを言い出した。

――ははあ。

民斎は内心、大きくうなずいた。奉行所に顔を出したときに言わず、わざわざ自分を探して、お達しを告げた理由がこれでわかった。お奉行に邪教を探れと言われたが、さっぱり見当がつかないので、どこらを探るべきか民斎に訊こうと思ったのだろう。

「占うのですか？　探索もせずに？」

民斎は嫌《いや》みを言った。

「探索はするさ。だが、いろんな角度から事案を検討するのが、有能な与力のすることなのだ」

「はあ」

どこに有能な与力がいるのか、民斎は思わず周囲を見回した。

「いいから、早く占え」

「では」

と、筮竹を取り出し、思わせぶりに一本引かせ、それからは手順どおりに卦を観てみると、

「え？」

思わず卦を見直した。

探索すべき邪教はおのれのなかにあると出た。

「どうした、民斎？」

「いや、邪教は犬とからむと出ました」

もちろんそれは嘘《うそ》である。

「犬？」

「そういえば、平田さまの手下にも」

犬塚《いぬづか》がいる。

それを指摘すると、平田と雉岡はひどく嫌な顔をしていなくなった。

三

夕方――。

尾張町にあるうまい惣菜《そうざい》屋で晩のおかずを買って帰ることにして、三原橋から
お城のほうに歩いて来ると、

――ん？

加美賀作右衛門がうろうろしているのが見えた。

民斎はそばに行って、

「よう、加美賀さんじゃないか」

と、声をかけた。

「あ、易者さん」

「あんた、家はこのあたりだったのか？」

「ええ。すぐ、そこですよ」

そういえば采女《うねめ》ケ原《はら》の馬場《ばば》に向かうあたりに、御家人の住まいらしき家が数軒
あったかもしれない。

「犬を探しているのかい？」

「ええ。いちおういいのが一匹見つかったのですが、もっといいのがいるかなと」

「あまり欲張ると、縁談は駄目になるぜ」

「そうですよね」

「白い犬かい？」

「ええ、まだ若いです。すぐ、そっちの家です。見ますか？」

加美賀は嬉《うれ》しそうに言った。

「どれどれ」

と民斎もついて行くと、ここらはおみずの店の近くではないか。

「あの白犬です」

加美賀は座り込み、商家の庭らしい生垣《いけがき》の隙間《すきま》を指差した。

犬小屋のなかに、仔犬《こいぬ》が三匹寝ている。白と、ぶちと、黒の三匹で、白が声に気がついて、こっちを見た。

むくむくして、いかにも愛らしい。

「ああ、可愛いなあ」

「でしょう。あの子と暮らせるなら、人間の女は別にいいかなという気もしてきました」

「ううむ」

それはなんとも言えない。が、人間の女が厄介《やっかい》なことも確かである。

そこへ聞き覚えのある、酒焼けしたような女の声が聞こえてきた。なんと、亀吉の母親のおみずではないか。そういえば、ここらはおみずの店〈ちぶさ〉のすぐ近くである。

おみずの隣には、もう一人、七十くらいの婆《ばあ》さんがいた。

その婆さんをちらりと見て、

「あ、大祖母《ばば》さま」

と、加美賀が言った。

「おや、作右衛門じゃないか。なに、してんの、こんなところで？　ああ、あれね」

と、納得した。嫁にする犬を探していると、納得したらしい。やはり、いままでの話は嘘ではなかったのだ。

そのわきでは、おみずが民斎に「偶然ね」というような顔をしている。

「ねえ、この方が、例の人？」

おみずが婆さんに訊いた。

「そうよ」

「舞《まい》さんの孫？」

「ううん。ひ孫なんだよ」

「あら、そう」

「大祖母さま。いっしょに帰りましょう」

加美賀が大祖母さまと帰ろうとすると、

「大丈夫よ、舞さん。うまくいくから」

と、おみずが言った。

二人が庭のなかの犬を見ながら帰って行くのを見送って、

「なにが大丈夫なんです？」

民斎はおみずに訊いた。

「舞さんの家では、今度、嫁をもらうらしいの。それで、うまくいくか心配していたから、あんなやさしい旦那さまなら、たいがいの嫁はうまくやれるわよっていう意味」

「あ、なるほど」

おみずは、その嫁が犬だというのを知らないのだろう。

教えてあげたいが、易者が商売で知った秘密をべらべらしゃべって回るのはやはりまずいだろう。

「舞さんは、うちの店ができてすぐ、常連になってくれたのよ」

「どういう家なんですか、舞さんの家は？」

「加美賀家は家禄こそ低いけれど、何代か前に家作《かさく》を持って、その店賃《たなちん》収入があるみたいなの。だから、けっこう裕福なのよ」

「ほう」

であれば、あの家の嫁も餌がもらえないということもないだろうし、番犬として働けば、幸せな生涯を送れるのではないか。

「家《うち》の人は皆、信心深いらしいわね」

「信心？」

なんとなく引っ掛かる感じがした。

四

と、そこへ——。

亀吉と高畠主水之介がやって来た。

「あら」

亀吉は、民斎がいたのに驚いたらしい。

「ちょうど通りかかったんですよ」

民斎は慌てて言い訳をした。

「よう、久しぶりだな」

と、高畠がおみずに言った。

この二人、よりを戻してからも、そんなに会ってなかったらしい。

「どうして、あたしのところに来ないのよ」

おみずがしらばくれて言った。平田といい仲になりそうだったから、自分が避《さ》けていたくせに、まったく女の言うことはあてにならない。

「お前こそ、なんで顔を見せないんだよ」

と、高畠が不満げに言った。

「あたし、ここでお店やってるから、忙しいのよ」

「あんたは、男に囲まれていれば幸せな性質《たち》だからな」

「やあね。あたし、浮気性じゃないわよ」

この言葉には、民斎も亀吉も思わず下を向いた。

だがこの二人は、並んでいると、なんだかんだ言って、夫婦の雰囲気があるから不思議なものである。

「お父さま、また、旅立つことにしたんですって」

亀吉がおみずに言った。

「あら、そうなの」

「なんだ、おみず、名残惜しそうじゃないか」

「だって、一度くらいあたしの店で飲ませてあげてもいいかなと思っていたところだったから」

と、高畠は言った。

「そりゃあいい」

「じゃあ、入って」

いそいそと店に入って行こうとした高畠に、

「長くなるのですか？」

と、民斎は訊いた。

「わからんな。だが、この国を救う道を探る旅になるだろうな」

「そりゃあ御大層《ごたいそう》ですな」

「鬼道《きどう》を調べるから、おぬしにもいくらか関係はあるかもしれぬぞ」

「鬼道をねえ」

それはたぶんおおありだろう。

「鬼道の中心にこの地球と呼応する不思議な力を持った水晶玉があるらしい」

「まさかそれを？」

「うむ。それを探し、鬼道の謎を解かなければ、この国はおそらく救われないのだ」

「…………」

それはわたしのもとに、と言っていいのかどうか。

「でも、焦《あせ》るわけじゃないのね？」

と、おみずが訊いた。

「急を要するが、しかし人間の暮らしの物差しよりもっと大きな話だからな」

高畠の話は、ホラみたいなもので、千年だの万年だのという単位が平気で出て来るのだ。

「だったら二、三日、あたしのところで休養してから行きなさいよ」

「そうするか」

民斎は、そのあいだに水晶玉のことを教えるべきか、考えることにした。

五

翌日——。

今日は築地《つきじ》の海のほうに座ろうかと、長屋から海に向かったとき、采女ケ原の馬場の隅《すみ》に人だかりがあるのと行き合った。

「人殺しだ」

「山形《やまがた》屋の若旦那らしい」

などと声がしている。

民斎も人だかりのあいだからのぞいてみると、なるほど人が倒れている。

羽織を着ていない腹のあたりが血に染まっている。どうやら刺されたらしい。民斎は町方の同心でも身分を隠さなければならない隠密同心だから、衆目《しゅうもく》の前で遺体を調べたりはできない。

まもなく、

「ほら、どいた、どいた」

と、同心の犬塚たちが来て、調べが始まった。小者だの岡っ引きが、周囲の野次馬にいろいろ尋《たず》ねていく。

そのやりとりを聞く分には、夜中にここらで悲鳴が聞こえたので、それがこの殺しだったのだろう。

そこへ、加美賀作右衛門が白い仔犬に縄をつけてやって来た。

「よう、犬を譲ってもらったのかい」

「そうなんですよ」

仔犬は遺体のそばに寄り、くんくん臭いを嗅《か》いだりしている。

まるで、遺体の検分《けんぶん》でもしているみたいで、なかなか賢《かしこ》そうなしぐさである。

「おい、犬を来させるんじゃない」

犬塚に追い払われた。

仔犬は遺体のそばに行きたがるので、加美賀は仔犬を抱っこして、

「なんか、わたしの嫁だと思ったら、ますます可愛いです」

と、照れた顔で言った。

案外、そういうものかもしれない。

「いい嫁を見つけたな」

半《なか》ば冗談だが、半ば本気で民斎は言った。

「いや、これも……あ、まだ、易者さんのお名前を」

「鬼堂民斎と申す」

「鬼堂さんのおかげですよ」

加美賀は頭を下げた。

「そういえば、加美賀家の人たちは信心深いとか聞いたぜ」

と、民斎は言った。

平田が邪教のことを調べろとか言っていたが、加美賀作右衛門の話もそれにからむのではないかと、ちらりと思ったのである。

「そうなんですよ。いつも念仏の声が聞こえているような家なんです」

「なにを拝《おが》んでるんだ？　まさか、犬神さまとか言うんじゃないだろうな？」

「犬神さまなんてあるんですか？」

「狼《おおかみ》のことを拝むらしいぞ」

「いや、うちのはただの先祖を拝んでいるだけですよ。別に寄合とかに出るわけでもないし、教祖さまに感化されているなんてこともありません」

「そうか」

ご先祖さまを拝んでいるだけなら、大丈夫だろう。

「ただ、加美賀家の先祖は皆、短命でしてね」

作右衛門は心配そうに言った。

「そうなのか」

「いま、うちは女しかいないんです。母、祖母、大祖母と」

「亭主は皆、亡くなったのか？」

「だいたい子どもを一人つくったあたりで亡くなってしまうんです」

「だから、なおさら信心深くなったのかな」

あるいは、作右衛門の短命を恐れ、人間の女を嫁にもらうことを避けたか。

「そういう化け物が憑《つ》いているとかは言ってましたね」

「化け物？」

「ええ。だから、うちの男たちは短命なんだとか」

「へえ」

それは変な話である。

いったん解いた邪教の疑いだったが、また復活した。

六

「なんか易者として興味あるなあ」

と、民斎は言った。

「なにがです？」

「いや、あんたの家だよ。だいたい若い当主に、犬の嫁をもらえと勧めたのも、そのご母堂《ぼどう》たちなんだろう？」

「ええ、そうですよ」

「しかも、わしの占いでも、それがあんたの幸せに結びつくと出た」

「はい」

「どういうものを拝んでいるのか、興味が湧《わ》くじゃないか」

民斎は勿体《もったい》ぶった調子で言った。隠密同心としてだけではなく、易者としても興味が湧いてきた。

「じゃあ、家へどうぞ」

「いいのかい？」

「もちろん。たいしておもてなしはできませんよ」

「そんなのはかまわないよ」

加美賀の家は、やはり馬場のわきで、四、五軒並ぶなかにあった。敷地は同心の家とほぼ同じで百坪《つぼ》ほど。

だが、こっちのほうが庭全体に樹木が繁茂《はんも》し、広い感じがする。

門をくぐると、庭のほうで女たちの声がしていた。

「母上、祖母さま、大祖母さま」

加美賀が声をかけた。

「なあに、作右衛門？」

「お客さまです。易者の鬼堂民斎さん」

加美賀がそう言うと、

「易者さん」

「ほんとに」

向こうは向こうで、易者に興味があるらしく、ぞろぞろとやって来た。

「じつは、犬を嫁にもらったりして幸せになれるのか心配になって、この鬼堂さんに相談したのです」

「あら、そうなの」

「まあ、でも、仕方ないね」

「犬を嫁にするなんて、前代未聞だもの」

女たちも他人に相談したのに一瞬、不満そうだったが、すぐに納得したらしい。

「それで、占いはなんと出た？」

「幸せを保証してくれましたよ」

「ほらね」

と、母親らしき人が言った。

「それで、わたしも作右衛門さんに訊いたら、お家の人たちがなにか信心をなさっていると。いったいどういうものを拝めば、そうした霊験《れいげん》を得られるのかと、

「あら、まあ」

易者として非常に興味を持ちまして」

そこからは民斎が説明を引き継いだ。

「あら、そう」

「そんな、たいそうなものを拝んでいるわけじゃないのよ」

「ただ、うちの家系はどうも代々、妙な化け物にとり憑かれてきたみたいなの」

たしか舞さんという名の大祖母さまが言った。

「化け物に？」

「そうよ。それがまた、代々災《わざわ》いをもたらしてきたの」

「ううむ。そんなふうには見えませんけどね」

民斎は庭をぐるっと見廻《みまわ》したあと、家のなかをのぞいた。

庭に向いたほうは開け放してあって、なかまで見えている。南向きの陽当たりもよさそうな部屋で、きれいに片付いているのもわかる。

化け物がいるとは到底思えない。それに、民斎は目に見えない力は信じるが、化け物みたいなものはあまり信じない。

民斎が疑わしそうにしていると、

「ねえ、あたしたち、特徴ありません？」

と、大祖母さまが訊いた。

美人はいない。が、それは言えないので、

「さあ」

と、とぼけた。

「顔の大きさ」

と、大祖母さまが言った。

「顔の大きさ？」

三人をじいっと見る。

「ははあ」

並外れてというほどではないが、顔が大きい。だが、言われなければわからなかったのではないか。

「大顔《おおがお》という化け物がいるんですよ」

と、大祖母さまが顔をしかめながら言った。

「ああ、いますね」

絵草子などで見たことがある。

「それが、あたしたちの家系に憑いているんです。だから、代々、こんなふうに大顔になってしまうの」

「そんなのは迷信ですよ」

と、民斎は笑った。

「迷信じゃありませんよ」

「見たのですか？」

「なんべんも見ましたよ、ねえ」

大祖母さまが、祖母さまと母親に訊くと、

「ええ、見ましたよ」

「しょっちゅう見ますとも」

二人ともうなずいた。

「どこにいます？」

「いまはいませんよ。化け物ですから、夜、夢のなかなどに出て来ます」

「夢に出て来るのなら、ただの夢でしょう」

民斎は信じない。

「いいえ、この大顔が祟《たた》っているから、あたしたちの家は女の顔が大きく、婿《むこ》はすぐに死んでしまうのですよ」

「それは関係ないと思いますよ」

「ありますよ。それで、子どもは小さな顔になってもらいたいから、小顔の男を婿にもらいます。すると、小顔の男は痩《や》せて身体が弱かったりするので、婿に来ても、一年くらいで死んでしまいます」

「つらいものですよ」

「ほんと、わかってもらえないのよね」

女たちは、袖《そで》で目元をぬぐったりする。いきなり湿っぽくなってきた。

「でも、よく、家がつづいて来ましたね？」

と、民斎は訊いた。

当主が若くして亡くなり、女の子しかいないと、廃絶ということになってしまう。

「そこはそのつど、いろいろ工夫しましたから」

「なるほど」

たしかに、急遽《きゆうきよ》、親戚の者が入ったり、いろいろ手はある。

「あたしたちが熱心にご先祖さまを拝み、大顔退散を祈願する理由は、これでおわかりでしょ？」

「それで、作右衛門さんの嫁が犬になるんですか？」

そこがよくわからない。

その謎を解かない限り、邪教の疑いも捨て切れない。

「なるの。作右衛門の嫁で、あたしたち家族代々の悩みも解消するの」

「なぜですか？　教えてくださいよ」

「駄目よ。お告げのことは、他人に教えたりしちゃいけないの」

「ううむ、犬の嫁でねえ」

どうにも不思議な話だった。

七

「納得いきませんか？」

外に見送りに出て来た作右衛門が、民斎に訊いた。

「大顔退治になんで犬の嫁かってところがな」

「そうですよね。わたしもそのことは訊いたのですが、お告げを教えることはできないって言われました」

「そうか。でも、みんな、顔も似ているよな」

「そうですね」

「いちばん上が舞さん」

「はい」

「次の代は？」

「織《おり》といいます」

「織さんか。それでご母堂が？」

「母は珠《たま》といいます。珠玉《しゅぎょく》のしゅのほうです」

「珠さんねえ」

三人とも、顔の感じとはちょっと違う。

舞、織、珠……ん？

民斎の脳裏を光のようなものが走った。

「え、まさか？」

「どうしたんです？」

「そうか、駄洒落《だじゃれ》か」

民斎はぱしんと手を叩いた。

「駄洒落？」

「あんたの苗字は加美賀だろう？」

「はい」

「上から順につなげるんだ。いいか、加美賀舞織珠犬だぞ」

「なんで犬を最後につけるのですか？　かみが、まい、おり、たま、いぬ。え？　神が、舞い降りたまいぬ……これは、なんと！」

「信心深い女三代が不幸を脱するため、駄洒落にすがったんだ」

だが、この女たちを決して笑えない。われわれの信心だの縁起かつぎにも、駄洒落と変わらないものがたくさんあり、皆、それにすがって生きているのだ。

これは邪教とは言えない。素朴な小さな信仰で誰に咎《とが》められることでもない。

それに、こうした素朴な信仰が、じつは霊験あらたかだったりするのかもしれなかった。

八

三日後の夜――。

加美賀作右衛門と犬の祝言に、民斎も呼ばれて列席することになった。親類以外では民斎だけで、女たちが飲めるよう甘酒を祝いの品にして駆けつけた。

座布団《ざぶとん》の上に作右衛門と犬が並んで座っている。角隠《つのかく》しをかぶせようとしたが、それは嫌がったらしく、座布団のわきに置いてあった。

笑いがこみ上げるが、それにはからかいや侮蔑の感情は混じらず、ひたすら微笑ましさに溢《あふ》れている。

「本日は、作右衛門とおいぬの祝儀に……」

と、大祖母さまが挨拶した。

名はつけずに「おいぬ」と呼ぶことにしたらしい。

三三九度の盃《さかずき》を、おいぬはぺろぺろと舐《な》めた。

あとはなごやかな酒席になったが、みな、おいぬの可愛らしさと利発さに感心するばかりだった。

民斎は一足先に失礼することにした。

「では、お幸せにな」

外へ出ると、作右衛門とおいぬが見送りに出てくれた。

「またな」

歩き出そうとしたそのとき、おいぬが激しく吠《ほ》え始めた。吠える声を初めて聞いたが、それはかなり甲高《かんだか》い声だった。

「うう、わんわんわん！」

向こうから若旦那ふうの男が来ていた。おいぬはその男に向かって吠え立てていた。

「どうした、おいぬ？」

作右衛門が訊いた。

「わん、わん」

なんと、嚙《か》みつこうとさえするのだ。作右衛門は慌《あわ》てて抱き上げるが、おいぬはいっこうに吠えるのをやめない。

――ははあ。

民斎はぴんと来た。

「おい、ちょっと待て」

若旦那ふうの男を呼び止めた。

「なんだよ？」

「その羽織だがな」

「羽織がどうしたんだよ?」

と訊き返した声が上ずっている。

「見せてくれ」

「嫌だ」

「見るだけだよ」

と、民斎はすばやく袂《たもと》を取り、目を近づけて見た。

——ん?

黒い染みがある。

鼻を近づけると、鉄錆《てつさび》臭い。

「血の跡だ」

そう言った途端、振り切って逃げようとしたので、民斎はすばやく足をかけ、前に倒れたところで、腕を捩《ね》じり上げた。

「いてて」

「このあいだの殺しはおめえだな」

「なに言ってやがる」

「いいから、そっちの番屋まで」

と、民斎は連れて行くことにした。

「おいぬのお手柄だぞ。匂いで殺しの下手人を見つけたんだ」

民斎は振り返って言った。死んだ若旦那の匂いを覚えていて、同じ匂いのする羽織を着た男に吠え立てたのだ。犬なりの勘で、怪しい奴と思ったのだろう。

「へえ」

「凄《すご》いわねえ」

外に出ていた加美賀家の人たちも感心した。

この犬、たいしたものである。

神――いや、少なくともなにかを持っている天のお告げのような犬なのかもしれなかった。

歯が黒い男

一

隠密同心である易者の鬼堂民斎が、探索に出ていた芝から木挽町の長屋にもどって来ると、近所で「きゃあきゃあ」という悲鳴がしている。

なにかあったのかと、駆け出す気になったが、上のほうでふくろうの福一郎が、

「ほっ、ほっ、ほっ」

笑っているみたいに鳴いた。

たぶんたいしたことではない。

少しだけ路地の前で立っていたら、ここらの女が四人ほど連れ立ってやって来た。

「ああ、怖《こわ》かった」

「ほんとのお化けかしらね」

「そんな馬鹿な」

「でも、消えてしまったじゃないの」

女たちは興奮して話している。

そのなかの一人は、亀吉姐《ねえ》さんだった。

「あら、民斎さん」

亀吉が立ち止まると、ほかの近所の女たちもそれぞれ近くの家に散って行った。

「なにかあったのかな？」

民斎が訊《き》くと、

「おはぐろべったりが出たんですよ」

怖がっているような、それでいてどこか楽しんでいるような、若々しい表情で答えた。

「おはぐろべったり？　なんだい、それは？」

「お化けです。民斎さん、聞いたことない？」

「女子どもじゃあるまいし、お化けなんか信じてないのでな」

「まあ、お化けはいるのよ」

「いるか、いないかは別として、どういうお化けなんだい、それは？」

「女ののっぺらぼうなの。それで、口だけはあって、笑うとおはぐろで口のなかが真っ黒になっているのよ」

「それがいたのかい？」

「ええ。ここんとこ、このあたりの神社の境内《けいだい》に出るって噂《うわさ》はあったわけ。それで、さっき、そこのお稲荷《いなり》さんの祠《ほこら》の裏で、女の人が泣いていて、通りかかったあたしたちが心配して声をかけたの」

「そうしたら、のっぺらぼうで口が真っ黒だったってか」

民斎はそう言って笑った。

「やあね、民斎さん」

「だが、それは誰かの悪戯《いたずら》だろう」

「あの時、あたしたちびっくりして、いったんはきゃあきゃあ言って逃げ惑《まど》ったの」

「うむ。声は聞こえたよ」

「でも、もう一度、恐る恐る近づいたら、おはぐろべったりは消えていたの。あのお稲荷さんは、突き当たりにあるから、悪戯だったら、わたしたちに見られずに逃げるなんてことはできないわよ」

「へえ」

お化けのことより、亀吉が少女のように怖がるようすが面白くて、つい真面目《まじめ》に聞いてしまった。

するとそこへ、亀吉の父・高畠主水之介がやって来た。

「あら、お父さま」

「うむ。やはり旅立つぞ」

「水晶玉とやらを探すためにですか？」

「そういうこと。ま、おみずとも和解できたし」

「和解したんですか？」

民斎が驚いて訊いた。

「したさ。あれも、ああ見えて、なかなかいい女ではあるのさ」

「はあ」

いきなりのろけられるとは思わなかった。

「ところで、二人そろってどうした？」

主水之介は、亀吉と民斎を交互に見た。

じつは、わたしたちも和解しまして、と言いたいが、仲はいっこうに進展しない。

「いま、そこにお化けが出たのよ」

亀吉が言うと、

「お化け？　ふっふっふ」

主水之介は意味ありげに笑った。

「あら、嫌《いや》だ。お父さまも信じないの？」

「いや、信じる。ただ、そのまま信じるわけではない」

「また、理屈っぽいんだから」

「どういう意味です？」

と、民斎が訊いた。

「お化けというのは、唐土《もろこし》の難しい言葉で言うと、暗喩《あんゆ》なのだ」

「あんゆ？」

「そう。暗にする喩《たと》え。民《たみ》に言いたいことがあるけれど、それを口にしてしまうと、罰せられたりする。そこで、言いたいことをお化けに置き換えて、それを見たと騒ぐのだ。ただ、それがわざとではなく、自分でも気がつかないうちにそうしていたりする」

「亀吉さんたちは、おはぐろべったりというお化けを見たらしいのです」

「ああ、のっぺらぼうで口が真っ黒ってやつか」

「ええ。それはなにを言おうとしているのです？」

「ううむ。それを解読するのはなかなか難しいのでな」

高畠主水之介は、民斎の疑問に答えるため、考え込んだ。

――こんな純朴で生真面目な人を、余計な長旅に行かせるのは……。

民斎は、心が痛んだ。

二

「じつは、高畠さんに話があるのです」

と、民斎は切り出した。

「話？」

「ちと、わたしの家のほうに来ていただけませんか」

「おい、わしは男には興味ないぞ」

怯《おび》えた顔で言った。

「わたしだってありませんよ」

「そうか」

亀吉が妙な顔をしているが、かまわず自分の家に入れた。

「高畠さんは、いまから鬼道《きどう》を調べる旅に出発なさるのですよね？」

「さよう。わしはこの国の来《こ》し方《かた》行く末を考えるために生きていると言っても過言ではない。そして、そのわしはこのところ、鬼道に対する関心がどんどん深まっている。やはり、さまざまな世の流れを見るにつけ、この世の条理《じょうり》を示すことでは、鬼道がいちばん正確なのだ」

「ははあ」

「それと、鬼道の真髄《しんずい》とも言うべき水晶玉の存在を確かめたい」

「その必要はありません」

「必要はあるのだ。それがこの国を救うための、唯一《ゆいいつ》の方法になるかもしれないのだぞ」

「それはどうかわかりませんが、鬼道というのは、じつはわたしの家に伝わっている学問なのです」

「なに？　そういえばそなたの苗字は鬼堂だったたな。ただ、鬼堂一族でも傍流のほうにはあまり伝わっていない。鬼道がなんたるかを知らない者さえいる」

のだ。

「ええ」

なんたるかはよく知らない。だが、民斎は本流も本流、鬼堂家の当主に当たる
「そなたが鬼堂家に連なる者なら、鬼道のもっとも肝心なところが、いまは鬼堂家の誰に伝わっているか、知っているか？」

「知っています」

「教えてくれ。わしはそのお人を探して旅立たねばならぬ」

「ですから、その必要はないと。なぜなら、わたしが鬼堂家の本家の跡継ぎだからです」

「え？」

主水之介は露骨にがっかりしたような顔をした。想像していた鬼堂家の跡継ぎとは、ずいぶん違う感じだったらしい。

「なんですか？」

「なにかの間違いではないのか。だいたい、そなたは鬼道についてあまりにも詳しく知らないではないか」

「知りませんが、鬼堂家でもわたしにしかできない技というのがあります」

「それは？」

「鬼占いというものです」

「鬼占い！　できるのか、そなたに」

「ええ。それで、おっしゃっている水晶玉というのは、たぶんこれのことかと」

民斎はそう言って、八丁堀からたまたま持って来ていた水晶玉を見せた。

水晶玉は、今日は調子がいいのか、なんとも言い難いほどきれいな青い色をしていた。

「こ、これが！」

「水晶玉みたいですが、ほんとに水晶でできているのかどうかはわかりません」

「持たせてもらってもよいかな？」

「いいけど重いですぞ」

民斎だから軽々と持ち歩いているが、年寄りには相当な重さだろう。足に落としたりしたら、間違いなくぺしゃんこになる。

「わかった、気をつける」

主水之介は、水晶玉にそうっと手を伸ばした。

どんぶりを二つ合わせたくらいで、片手ではまず持てない。

「ほんとに重いな」

「ええ。でも、ときどきもっと重くなったり、反対に軽くなったりもしましてね」

「そうなのか」

「大きさも、若干《じやっかん》ふくらんだり、縮《ちぢ》んだり」

「石ではないのか？」

「小さな筋が見えますでしょう」

「うむ。いっぱいある」

「それが、地震の前になると、光ったりします。たまには唸《うな》ることも」

「そうなのか」

主水之介はそっと民斎にもどし、ため息をついた。

「贋物《にせもの》かなにかだと？」

「いや、こんな石は見たことがない。まさにこれぞ、鬼道の真髄なのでしょう」

「…………」

「まさか、あなたが……」

急に衿《えり》を正した主水之介は、拝《おが》みたそうにするので、民斎は慌《あわ》てて、

「いや、いや、わたしはそんなたいそうなものでは」

と、言った。

三

翌日――。

すぐ近くの、三原橋のたもとに座った。

昨夜は高畠主水之介から、生《お》い立《た》ちやら親戚《しんせき》などについて根掘り葉掘り訊かれ、疲れてしまった。

ただ、主水之介もずいぶん文献などを当たったらしく、鬼堂家の内情についても知っていることが多く、民斎も初めて耳にすることもあって驚いたほどだった。

八丁堀の役宅の地下に住む祖父の順斎は、誕生から数えると、いま、九十八歳になるらしい。たぶん九十は超えていると思っていたが、ほとんど百歳ではないか。

また、男だと思っていた姉の存在についても知っていて、いざ、ことが起きるときは重大な役目を果たす人らしい。

「いざということって何ですか？」

このことについては、どういうわけか教えてくれなかった。

それよりなにより長い旅になると覚悟していたのが、目指す男がすぐ近くにいたのだから、主水之介の興奮たるや、こっちが恐ろしくなるくらいだった。

「あのう」

もの思いにふけっていた民斎の前に誰か立っていて、しきりに声をかけていた。

「は？」

「大丈夫ですか？」

中年の女が民斎を見ている。武家の女ではない。どこか大店《おおだな》の女将《おかみ》といったあたりか。

「大丈夫って？」

「なんだかぼんやりなさっていたから」

「ああ。昨夜、面倒臭いことがあって疲れてましてな」

「面倒なことが多いですからね、浮世ってとこは」

「まったくだ」

なかなかもののわかったおなごではないか。

「じつは、あたしの息子がおかしいんです」

「あんたの息子が？」

うまく子育てをしそうな女に見えるが、もっとも息子の成長については、父親の影響も大きい。

「ということは、父親も変な人だな？」

「いいえ。父親は早くに亡くなってしまいました」

「そうだったか。それで、息子はどんなふうに？」

「息子だからもちろん男なのですが、近ごろ、おはぐろをしているみたいなのです」

「男がおはぐろを？　嫁のものとかを？」

「嫁なんていません。まだ二十歳《はたち》で、独り者」

「別に嫁をもらったからって、女といっしょになっておはぐろをする奴《やつ》はいないだろうがな」

「そうですよ。それに、そんな流行《はや》りがあります？　そんなの聞いたことありまなんて変でしょう」

「いまの若い男はとにかく歯を白くするのに熱心なのに、あえておはぐろを塗る
「うん。わたしもないね」

せんわ」

「そうだよな」

「それで、どういうつもりなのか、占ってもらいたくて」

「あんたじゃなく、その息子を？」

「そうなの」

「わざわざわしに訊かなくても、本人に訊けばいいではないか？」

と、民斎は言った。

「なんか訊きにくいのよね」

女は、照れたような、自らを嘲《あざけ》るような、微妙な顔をした。

「母一人子一人で、いままでやって来たのではないのか？」

「だからこそ、年ごろになったら、変に遠慮するようになっちゃって」

確かに、そういう微妙な気持ちになる場合もある。おそらくこの女は、賢《かしこ》いのだ。それで他人のことをあれこれ考え過ぎてしまうのだろう。

「わかったよ。連れて来れば観《み》てやろう」

「連れて来ればね」

「当人のことは当人を観ないと始まらない」

「わかりました」

と、女は帰って行った。

男のくせにおはぐろをするというのも、変なものである。

女の着物を着たがる男がいるのは知っている。だが、おはぐろというのは初めてである。

そういえば、昨夜、亀吉たちが〈おはぐろべったり〉とかいうお化けのことで騒いでいた。まさか、そのお化けと、おはぐろをする息子とには、関係があるのだろうか？

四

民斎は昼過ぎに占いを終え、いったん長屋に引き上げることにした。

昨夜の睡眠不足を取り返すのに、ちょっと昼寝でもするつもりである。それから、夜には祖父の順斎と高畠主水之介を会わせる相談をしなければならない。

「ぜひ、順斎どのに会わせてもらいたい」と、懇願《こんがん》されたのだった。

途中、お稲荷さんの境内の前を通った。

昨夜、ここにおはぐろべったりが出たのである。

祠の裏と言っていた。民斎は気になり、その祠の裏をのぞいてみた。

ついたばかりらしい下駄《げた》の跡が残っていた。

大きさからして、女物である。足跡があるからお化けではないと、言い切れるのか。民斎はあまりそっちのことは詳しくない。

女たちはいったん逃げ惑ったが、もどって来たらいなくなっていたらしい。

確かに、この裏は大名屋敷の高い塀《へい》になっていて、民斎でも上れそうもない。

では、どうやって消えたのか。

祠がある。

小さな祠で、ここに人が入れるだろうか？

身体を折り畳み、膝《ひざ》を抱え込むようにして……身体の小さな女なら、できなくもないかもしれない。

そうやってしばらく祠に隠れ、皆がいなくなったあと、出て来て悠々《ゆうゆう》と去って行く。

たぶん、そんなところだろう。

問題はなぜ、そんなことをしなければならないかである。

もちろん、人を怖がらせて遊ぶのは面白い。単にそれだけかもしれない。

だが、高畠主水之介は、お化けは暗喩なのだとも言っていた。ここに出たおはぐろべったりも、そういう思惑《おもわく》があって現われたのか。

民斎は疲れもあって、この日はそれ以上、考える気にはなれなかった。

昼寝をしてもどると、昼前にやって来た女がすでに待っていた。

「え？　息子を連れて来るんじゃなかったのか？」

「それが、当たる易者がいるから観てもらって来たらと勧めたんだけど、占いなんか興味ないし、あんなものに頼るのはくだらないと言ってるの」

「まともなことを言っているではないか」

「まともだったら、男のくせにおはぐろなんかしませんよ。こうやって、口を手で隠しながら話すのですよ。せっかく、きれいな歯並びの子に産んであげたのに」

女は息子が話すときの真似《まね》をしながら言った。

「では、諦《あきら》めるしかないだろう」

「そんなことを言わず、易者さんのほうから来てくださいな」

「わしから？」

「そう。いま、家でごろごろしてるから、客のふりして観てくれたらいいじゃないの。もちろんお礼ははずむわよ」

易の出前というのも珍しい。

「わかった」

と、民斎は引き受けた。

五

女の家は、新両替町《しんりょうがえちょう》四丁目の表通りでお茶の問屋をしていた。

看板には、〈諸国銘茶問屋・静好堂《せいこうどう》〉とある。

民斎は店の前をゆっくり通りかかって、茶でも物色するようになかをのぞくふりをすると、

「あら、易者さんじゃないの。このあいだはどうも」

と、愛想《あいそ》のいい声がかかった。

さっきの女が、帳場に座っている。

「あれ、ここの女将さんでしたか？」

民斎はしらばくれて言った。こういう小芝居《こしばい》をしようと打ち合わせてあった。

「そうなの。ねえねえ、お茶でも飲んでいけば？」

「じゃあ、一杯だけいただこうかな」

そう言って上がり口に腰をかけると、すぐに手代《てだい》が茶を出してくれた。さすがにうまい茶である。

「どうだい、商売の調子は？」

民斎は、なかを見回しながら訊いた。少し離れたところで、二十歳くらいの若旦那らしき男が、帰って行く客を見送っていた。

「おかげさまで売上はずいぶん増えたわよ」

女将は小芝居をしながら、若旦那のほうをちらりと見た。

「だから、わしの占いは当たると言っただろうが」

「ほんとねえ。こんなに細かいところまで当たるものかしらとびっくりしちゃって」

「ま、占いには相性というのもあるんだがな」

そんなやりとりを少し離れたところに座った若旦那が、つまらなそうに見ていた。

「ねえ、易者さん。これ、うちの息子」

女将が指差した。

「これはどうも……ん？」

民斎は軽く挨拶《あいさつ》するようなしぐさをし、いきなり大仰《おおぎよう》に目を剝《む》いた。

「なんだよ？」

「ちと、お顔を拝見」

民斎は、懐《ふところ》から天眼鏡《てんがんきよう》を取り出すと、若旦那の前に行き、じいっと顔の造作を見た。

不良ではない。ちょっと頼りないと思えるくらい、素直そうな顔をしている。

「名は？」

「京太郎《きようたろう》だよ」

若旦那の京太郎は、じろじろ見られて、ムッとしたような顔をした。あまり、口を開けないようにしてしゃべるので、おはぐろをしているかどうかはわからない。

「いや、なにやら急に運命が変わったような雰囲気なので、どうしたのかなと思ったのだ」

「急に運命が変わった？　良いほうにかい、悪いほうにかい？」

「それはよくわからんな」

「へえ」

京太郎は、真摯《しんし》な目で民斎を見つめた。

おそらくちゃんと占ってもらおうか、迷っているのだ。

「ねえ、易者さん。どこで占ってるの？」

京太郎は小声で訊いた。

「いろいろ移動するのだが、今日は三原橋のたもとに座っている」

「あとで行ってみるよ。おっかさんにないしょで、訊きたいことがあるんだ」

やっぱり、なにか屈託を抱えているらしい。

六

民斎が飯を食ってから三原橋のたもとにもどって座っていると、京太郎が口に手を当てながらやって来た。妙なしぐさだが、別段、おかまっぽいわけではない。

「お。来たのかい」

「じつは、占ってもらいたいことがあるんだ」

「なるほど、女のことか？」

当てずっぽうで言った。若い男の悩みの、十中八九はそれである。

「よくわかったな。ほんとに当たるんだねえ」

かなり人がいいらしい。

「ああ、あんた、難しいのに惚《ほ》れたなあ」

そう言って民斎は、京太郎に天眼鏡を向けた。すると、京太郎は口を隠すようにして、

「やっぱりそうかい。おゆうちゃんていうんだが、おれのことをどう思ってるの

か、さっぱりわからないんだ」

と、言った。

「なるほど。まずは、あんたの運を占ってみようか」

民斎は、手のひらを出させ、

「ははあ。母一人、子一人で育ったな。こういう男は、女の言いなりになりがちなんだ」

「おお、ずばりだよ」

「なんか、おゆうちゃんから頼まれごとがあるのかな」

「そう」

「金なんか貸してはいかんぞ」

「あはは、そんなことにはならないさ」

京太郎の言いぐさから見当をつけ、

「ほう。相手はいいところの娘だ」

「そうなんだよ。この近所の〈泉州屋《せんしゆう》〉っていう大店の一人娘なんだ。おいらとは幼馴染《おさななじみ》でさ」

この近所の泉州屋というと、たしかしょう油や酢の問屋ではなかったか。泉州屋の娘なら、金がらみの話にはならないだろう。

「ううむ。なんだろうなあ。あんたの手相に白と黒という色が強く出るんだがな」

むろん、おはぐろのことを引っ張り出そうと、かまをかけたのである。

「凄《すご》いね。じつは、ほら」

京太郎は、口に当てていた手をパッと取り、にんまり笑ってみせた。

「ややっ。なんだ、それは、ひどい虫歯だな」

民斎は、驚いたふりをしながら言った。自分でも恥ずかしくなるような小芝居である。

「虫歯じゃないよ。おはぐろを塗《ぬ》っているんだよ」

「なんだって、また？」

「おれは、おゆうちゃんに頼まれて、このところ毎晩、背中におんぶしてお百度参りをしているのさ」

「なんで、おんぶなんかする？　おゆうちゃんという子は、足でも悪いのか？」

「怪我《けが》したんだよ。ちょっと遠い波除稲荷《なみよけいなり》に行ってたとき、足をくじいて。それで、近くの神社に変えて、おれがおんぶして連れて行ってやってるのさ」

「だが、おはぐろをする必要があるのか？」

訊いてくれと言われた謎は、早々と解けそうである。

「おゆうちゃんは、そっと抜け出しているんだけど、自分の部屋から庭を抜けて裏木戸から出るまで、親の部屋とか、手代や小僧が寝ている部屋の前を通らなくちゃならないんだ。そのとき、おれが闇《やみ》のなかで笑ってしまうと、見つかってしまうんだよ」

「歯がそんなに目立つか？」

「なにせ、おれの歯は白くて、歯並びがいいので、闇のなかでも蛍《ほたる》が光るみたいに目立つらしいんだ」

「だったら、口をつぐんでいればいいじゃないか」

「だって、好きな女をおんぶしているんだぜ。胸のふくらみは背中に当たるし、手はおゆうちゃんの尻に触っているんだ。どうしたって、笑ってしまうんだよ」

「そりゃあ笑うわな」

男なら嬉《うれ》しくてつい笑う。それは民斎にもわかる。

「だから、笑ってもいいように、おはぐろをしたってわけ」

どうやら亀吉たちが騒いでいたお化けとは関係ないようだ。しかし、こんな理由をそのまま依頼主の女将に報告すべきか、どうしたものか。

「だが、よくも、そんなことを思いついたもんだな」

お面をかぶるとか、口もとを手拭で覆うとか、ほかに方法はいくらでもありそうなものである。

「それはたぶん、おゆうちゃんがおはぐろべったりというお化けを見たってのが頭にあったからじゃないかな」

「そうなのか？」

意外な話が出てきた。

「夜、波除稲荷にお参りしたときに、いきなり現われて、逃げようとして、敷石につまずいたんだ」

「ははあ」

おはぐろべったりは、このあたりでかなり出没しているらしい。

「もし、おはぐろべったりがほんとのお化けでも、こっちもおはぐろをしていたら、同類だと思ってくれて、脅《おど》かさないでくれるかもしれないぜ」

「そりゃあないだろうがな」

と、民斎は苦笑した。

だが、どうせ悪戯者のしわざだろうから、親近感くらいは持ってくれるかもしれない。

「それで、あんたの訊きたいことはなんだっけ？」

もっぱらこっちが訊きたいことばかり訊いて、商売のほうを忘れていた。

「おゆうちゃんの気持ちだよ。おゆうちゃんがお百度参りでなにを祈っているかも、わからないし」

「それが知りたいのか？」

「うん。おれは子どものときからずうっと好きだったんだよ」

「それは難しいぞ」

「なんで？」

「おゆうちゃんの気持ちゃ、祈っていることは、おゆうちゃん本人を観なくちゃわからないからさ」

「そりゃあそうか」

「おゆうちゃん、連れて来られないのか？」

「駄目《だめ》だよ。怪我しているんだ。昼間っからおれがおんぶして、ここらを歩けるわけないだろうよ」

「では、こうしよう。わしが、今晩、お前たちがお百度参りをするところを、陰に隠れてそっと見ていよう。そのとき、おゆうちゃんの顔を盗み見すれば、占うことはできる」

うまくしたら、祠の陰で、祈りをつぶやく声が聞こえるかもしれない。

「ああ、そうしてくれよ」

いつも夜の四つ（午後十時頃）ごろ行くということだった。

七

京太郎がいなくなったあと——。

与力の平田源三郎が、子分の犬塚を連れてやって来た。

「どうしたんですか？」

「木挽町の芝居小屋をいくつかのぞいて回ってるんだ」

相変わらず毒のような息を吐きながら言った。

「優雅なご身分ですな」

民斎は嫌みを言った。

「馬鹿野郎。あんな混んでるところには行きたくねえよ。仕事だからしょうがなくて行くんだ」

江戸橋の東にある堺町《さかいちょう》の中村座《なかむらざ》あたりが火事で焼けたものだから、木挽町の芝居小屋はますます賑《にぎ》わっているのだ。

「そんな仕事あるんですか？」

「このところ、芝居のなかにちょこちょこお上《かみ》をからかうような台詞《せりふ》が出るらしい」

「ははあ」

「それを厳しく取り締《し》まったらいいという声があってな」

それは老中の水野《みずの》の声だろう。庶民から楽しみを奪おうとしていると、このところ巷《ちまた》では悪評紛々である。

「だが、お奉行はあまりそういう気はないのでは？」

と、民斎は訊いた。矢部駿河守は、そうしたことをうるさく言うのは好きではないのだ。それだったら、武士側にいろいろやるべきことがあるだろうという考えの持ち主である。北町奉行の遠山金四郎《とおやまきんしろう》も同じような考えだと聞いている。

「ない。だから、せめて、わしらが舞台を見ていれば、役者たちも遠慮して、危ない台詞は言わないだろうというわけだ」

「なるほど」

言わせなければ、捕縛者《ほばくしゃ》も出さずに済むのである。

八

夜四つの少し前——。

民斎は近くのお稲荷さんに向かった。

いまどきはもう、あたりは静まり返っている。祠の前の石灯籠《いしどうろう》にも火は入っておらず、あたりは月明かりでうっすら見えている程度。

小さな祠の裏に隠れようとしたときである。民斎の目の前に、ふうっとおはぐろべったりが出現した。

「うわっ」

出方がまさに本物の妖《あや》かしみたいで、びっくりしてひっくり返った。

「この悪戯者が！」

捕まえてやろうと、闇に手を伸ばすが、なにも触れない。

よくよく目をこらすが、もうなにもいない。気のせいだったのか。だが、目の前に、お化けが出た気配は、たしかにあったのである。

——本物のお化け？

民斎は首をかしげるしかない。

と、そこへ足音が——。

京太郎がおゆうを背負ってやって来たのだ。民斎は慌てて祠の裏に隠れた。

京太郎は、祠の前に来ると、そおっとおゆうを背中から下ろしてやり、自分は少し離れたところに立った。なかなか礼儀正しい。民斎なら、こんな暗いところで二人きりになったら、ぜったい口吸いくらいはお願いする。

おゆうも手を合わせ、真剣に拝んでいる。

なにか、本気で祈っていることがある。もちろん、京太郎のことではない。

祈り終えて、

「悪いわね、京太郎さん」

と、おゆうは言った。

「なあに、どうってこたぁねえ」

「あと、一回でお百度参りも終わるから」

「なんなら二百度参りだっていいじゃねえか」

「そんなのはないわよ」

と、おゆうは笑った。

――こりゃあ占うまでもなく、見込みはないな。

民斎は、明日にはそれを京太郎に伝えないといけない。

憂鬱《ゆううつ》なことだが、若い男はそういう失恋をいっぱい重ねてこそ、いい大人になれるのである。

九

翌日――。

今日も三原橋のたもとに座って、京太郎が来たらおゆうちゃんは見込みがないと伝えようと思っていると、朝早くから平田が犬塚と中間《ちゅうげん》や岡っ引きたちを連れて通りかかった。誰かを捕縛してきたらしい。

「どうしたんです?」

民斎が声には出さず目で訊《たず》ねると、平田は立ち止まり、

「大番屋に入れておけ」

と、犬塚たちに命じた。

それから民斎のところに来て、

「せっかくおいらたちが大目に見てやろうとしているのに、くだらねえ芝居を書いて、お上に文句をつけるようなことをしやがったのさ」

と、言った。

「森田座《もりたざ》あたりでそんなものをやってるのですか?」

木挽町でいちばん大きいのが森田座で、江戸三座の一つと言われている。

「いや、大手の小屋じゃねえ。小さい小屋なんだが、大入りをつづけているのさ」

「どんな芝居なんです」

「おはぐろべったりとかいう化け物を捕まえようとするんだけど、侍たちが抜け作ばかりで、右往左往するって芝居だが、明らかに武士そのものをからかっているんだよ」

「おはぐろべったり……」

「ここらの神社でも出ているらしいが、どうもおいらは、そいつが芝居の宣伝のためにやっているんじゃないかと睨《にら》んでいるのさ」

「なるほど」

平田の推測は当たっているかもしれない。だが、民斎が昨夜《ゆうべ》見たのはなんだったのか。

それに、武士が町人たちからからかわれても、仕方がない気がするのだ。

「捕まえても、お奉行は喜ばないんだが、このままやらせておくわけにもいかねえしな。弱ったもんだぜ」

平田はぶつぶつ文句を言いながらいなくなった。

十

夕方近くなって、京太郎が元気のない足取りでやって来ると、

「ふられました」

と、情けない声で言った。

「なんでまた急に？」

「もうお百度参りには行かなくていいっていう文《ふみ》が来たんです」

「どうして？」

「拝んでいたことがすべて無駄になったんだそうです」

「どういうこと？」

「おゆうちゃんは、風来坊町之助《ふうらいぼうまちのすけ》っていう狂言《きょうげん》作者が好きで、そいつがお上を批判して捕まったりしないよう、毎日祈っていたんです。でも、結局、今日、そいつは捕まってしまったんだそうです」

「今日？」

ということは、さっき平田に捕まえられた男が風来坊町之助で、おゆうの好きな男だったのだ。

「おはぐろべったりが出る芝居を書いたりしたそうです」

「だが、おゆうちゃんもそいつのことは芝居の作者として好きなんで、男として好きなわけじゃないだろうよ」

民斎は、つい京太郎を慰《なぐさ》めてしまう。どうも、女運の悪い若者には同情してしまうのだ。

「いや、そいつは近所に住んでいて、おゆうちゃんは何度も会っているみたいです。これはおいらの勘《かん》なんだけど、波除稲荷で見たおはぐろべったりは、どうもそいつだったんじゃないかって気がするんです。逢引《あいび》きしようってときに、そいつが妙な扮装《ふんそう》で来たからびっくりしただけで……」

「なるほど」

それもたぶん当たっている。

「というわけで、諦めるしかないですね」

「ま、ふられて開ける運もあるしな」

民斎もそう思いたい。

十一

それにしても、近所に出没するおはぐろべったりが、風来坊町之助という狂言作者が化けていたことには納得した。

だが、民斎が見たのはなんだったのか。

あれはぜったい、人が化けていたのではない。

長屋にもどってもそんなことを考えていたら、

「民斎どの」

と、高畠主水之介が訪ねてきた。

民斎が鬼堂家の本家の跡継ぎだと知って、急に言葉使いが丁寧になっているが、それも困るのである。

「なにか？」

「じつは、昨日、話の途中になったおはぐろべったりの暗喩について、思い当たることがありましてな」

「ほほう」

「あれは、真っ白い顔が紙を暗示していると思ったのです」

「紙ですか」

「それで、動く黒い口は文字なのです」

「墨の色ってことですね」

「そうです」

「では、つまり、なにを喩えているのです？」

「要するに、文字を書くことの恐怖を、別の姿にしているのかもしれません」

「文字を書く恐怖？」

なんのことかわからない。

「つまり、書きたいが書けないことがあるのか。それを書いてしまうと、罰せられる恐れがあるとか」

「ははあ」

近ごろ、芝居や戯作《げさく》、瓦版《かわらばん》への圧力を厳しくしろという意見が出ている。

矢部駿河守や、遠山金四郎などは、それにさからっているが。

「それが、庶民のあいだに薄々感じられると、あちこちでおはぐろべったりを見たという怪談が一人歩きし始めるのです」

「だが、暗喩なら、本当には出ませんよね？」

「それが人間というのは面白いもので、そのことが頭にあると、ちょっとした光の加減などもそのお化けに見えてしまったりするわけです」

「そういうものですか」

と言いながら、民斎はようやく、自分が見たものを納得していたのだった。

笑う奴ほどよく盗む

一

鬼堂民斎、今日は深川の外れ、洲崎弁天《すざきべんてん》社の門前にやって来たのだが、やけに風が強い。陽《ひ》は照《て》っているが、門前の土手から見る海は、波頭《はとう》を煙のように湧《わ》き立たせていた。

——もっと荒れる日が来る……。

なぜ、そんなことを思うようになったのだろう。この海がとんでもなく荒れて、江戸の人々に襲いかかる日がやって来るのではないかと。

それは、近ごろときどき思うことなのである。では、どうしたらいいのかとなると、なにも思いつかず、ぼんやりするしかなくなってしまう。

——ん?

いつの間にか客が来ていた。

「よう、易者さんよう」

歳《とし》は三十前くらいか。職人風のやけにへらへらした男で、また、こういうのがけっこう面倒臭い話を持って来たりするのだ。

「どうかしたかな？」

「参っちゃってさ」

男は軽い調子で言った。

「たいして参っているようには見えぬがな」

民斎は嫌《いや》みたっぷりに言った。この世には、顔も動かしたくないくらい、うちのめされている人間だっているのに。

「おれの住んでいる長屋で泥棒が相次ぎ、おれが疑われているみたいなんだ」

「怪《あや》しくもない奴《やつ》を疑ったりはせんだろう」

「知るもんか」

「問い詰《つ》められたりしたのか？」

「いや、黙っておれのようすを窺《うかが》ったり、家をのぞき込んだりしてるよ。盗んだものがあるか、探っているんだろうな」

「なにが盗まれているんだ？」

「わからねえよ。おれが盗んでるわけじゃねえんだから」

男はそう言って笑った。

だが、民斎の勘《かん》だと、こいつが盗んでいても不思議はない。

笑う奴ほど、よく盗む。なんだか格言みたいな文句が頭に浮かんだ。

「番屋に訴えたりはしているのかな」

「してねえみてえだ。訴えりゃあいいんだ。おれの身の潔白がわかるから」

「なぜ、訴えないんだ？」

「さあ」

「それで、なにを占えばいいんだ？」

「だから、そんな長屋にずっといるべきか、それとも、もう引っ越しちまったほうがいいのかだよ」

「ふうむ」

民斎は男の顔をじいっと見た。

どうも、妙な話である。なにか裏がある。

「お前の名前は？」

「宅蔵《たくぞう》」

「江戸の生まれじゃないな」

言葉に訛《なま》りがある。

「ああ、江戸からはだいぶあるよ」

「いま住んでいる長屋はどこにある？」

「すぐそこだよ。島田町《しまだちょう》ってとこだ」

「長屋を見たほうが、占いはさらに確実なものになるのだがな」

と、民斎は言った。われながら、ひどいこじつけもあったものである。

だが、どんな住人がこいつを疑っているのか、見てみたい。たぶん、こいつよりは真面目《まじめ》そうな人たちだろう。

「だったら、見て来るかい？」

「そうしよう」

民斎は宅蔵といっしょに、その長屋を見に行った。

「そこだよ」

なるほどすぐ近くである。

路地《ろじ》の向こうに、さほど大きくもない長屋が見えている。

長屋の裏は木場《きば》の貯木場になっているらしく、木の香りが漂《ただよ》っていた。

「わしが一人で見て来る。お前の家を訪ねるふりをして引き返して来るが、家はどこだ？」

「右側のいちばん手前だよ。じゃあ、おれはあんたが座ってたところで待ってるぜ」

「わかった」

と、民斎は一人で路地に入った。

井戸端《いどばた》に七、八人ほどいた。暇《ひま》そうに話をしているが、皆、ぶすっとして機嫌が悪い。眉根《まゆね》に皺《しわ》を寄せ、しかつめ顔をしている。

話しかけるのもためらわれるくらいである。

民斎は、留守がわかっている宅蔵の家の前で、

「いるか？」

と、声をかけ、

「なんだ、留守《るす》か」

と、合点《がてん》するふりをして引き返して来た。

宅蔵はちゃっかり民斎の床几《しょうぎ》に座っている。

しかも、さっきの連中を見たあとだと、異様なくらいにこやかで、へらへらしている。顔のつくりもあるのだろうが、泥棒扱いされているのだから、もうちょっと憂《うれ》いが出ていてもよさそうではないか。

「どうだった？」

と、宅蔵は訊《き》いた。

「ああ、七、八人が井戸端に集まっていたが、皆、恐ろしく機嫌が悪そうだったぞ。あれはやはりなにか盗まれたからだろうな」

「違うよ、あの連中はいつもあんなふうな顔をしているんだ」

「そうなのか？」

「盗まれようがもらおうが、ああいう顔」

「へえ」

「やだねえ、怖《こわ》い顔は。他人《ひと》を気重《きおも》にさせるよ」

だが、いつも笑っている奴が、かならずしも他人を楽しくさせるとは限らない。この世はそうそう笑ってばかりいられるところではないのだから。

「あいつらは皆、仲間なのか？」

と、民斎は訊いた。

「そうみたいだよ」

「あの長屋は四軒長屋の向かい合わせだよな？」

と、民斎は見て来たことを確かめた。

「ああ。そのうちの七軒分に、あいつらが住んでいるんだ」

「だったら、仲間じゃないのはお前だけか？」

「そうだよ」

「それじゃあ、なにかなくなれば、お前がいちばんに疑われるわな」

「そうかもしれねえが、ほら、どうしたらいいか、占ってくれよ」

「よし。いま、見てみよう」

民斎は天眼鏡《てんがんきょう》を宅蔵の顔に向けながら、

「ああ、長屋を出ては駄目《だめ》だ。ちょっと嫌なことがあっても、我慢してそこにいなければいけない」

「そうなのか」

「いずれ風が吹き、暗雲は取り払われる」

そう言ったのは方便である。この男がこのままいなくなってしまったら、なにかあると睨《にら》んだ疑問が解明できなくなってしまう。

二

宅蔵の長屋は明日以降に探ることにして、民斎は昼過ぎに八丁堀の役宅のほうに向かった。祖父の順斎と、高畠主水之介を会わせる約束をしていたのだ。

とりあえずの待ち合わせ場所である、茅場町富士《かやばちょう》と言われる人造の富士山がある天神《てんじん》さまの前まで行くと、高畠はすでに来ていた。

「もう、いらっしゃってましたか」

「うむ。ここらを一回りして、与力同心の暮らしぶりをのぞいていた」

「たいした暮らしじゃありませんよ。それより、祖父は相当な変人ですので、妙なことを言い出しても、お怒りにはならないようお願いします」

同じことは、すでに順斎にも言ってある。なにせ、江戸でも指折りの奇人変人同士を会わせるのだから、いろいろと配慮が必要なのだ。

役宅に来ると、

「ほっほう」

上でふくろうの福一郎が微妙な声音《こわね》で鳴いた。やはり、妙な雰囲気が漂っているのがわかるのだろう。

「さあ、どうぞ」

一度、なかに入れ、隠し階段から地下に降りた。

「これは、これは、鬼堂順斎さま」

「あなたが高畠主水之介さんか。御著書は二冊ほど読んでおりますぞ」

と、順斎は、民斎には見せたことがないような笑顔になって、膨大《ぼうだい》な書物で埋まった書架を指差した。

――著書？

初耳である。確かに高畠は学者だから、本を書いていたとしても不思議はないが、それをうちの爺《じい》さまが読んでいたとは知らなかった。

「これはつまらぬものですが」

高畠は、懐《ふところ》から妙な人形を出した。

「ほう、くじらの人形ですな」

「ええ。〈ニコニコくじら〉と言いまして、家族を海難から守る縁起物です。伊《い》豆《ず》の先にある寺でつくっているものですが。どこでも飾っておいていただければ」

「これはかたじけない。なにせ海難というのは、鬼堂家にとって重要なことになってくるはずですから」

「そうでございましょう」

「今日は、この水晶玉についての、高畠先生の見解もぜひお教えいただきたい」

と、順斎は、部屋の真ん中の机に置いた美しい玉を指差した。

「もちろんです」

「それと、この数十年、ぶり返しつつある鬼堂家と波乗一族との確執についても、なにかご意見がおありなら」

「ありますとも」

高畠はうなずいた。

「民斎、茶を淹《い》れよ。それと、上から甘いものでも持って来てくれ」

順斎が偉そうに命じた。

「はあ」

民斎はなんだか納得がいかない。これが鬼堂家の当主に対する態度だろうか。

だが、これでわが鬼堂家の秘密がわかるかもしれないのだ。

民斎はおとなしく上からまんじゅうを取って来て、三人分の茶を淹れ、二人の前に置くとともに、自分もその茶を持って座った。

そこから二人の話は延々、夜遅くまでつづいた。

その途方もない話には、ふだん易と称して嘘《うそ》八百を並べている民斎さえ、ひたすら唖然《あぜん》とするばかりだった。

三

翌日も、民斎は洲崎弁天社の門前に座った。

もちろん、昨日の宅蔵とやらが持ち込んで来た怪しい話を探るつもりである。

座ってすぐ、眉をしかめた機嫌の悪そうな男がやって来た。たぶん宅蔵の長屋の住人である。男は、洲崎弁天社になにごとかお参りをしていた。

すぐに引き返そうとするので、

「あ、これこれ」

と、声をかけた。

「おれかい？」

「さよう。そなたに、盗難の相が出ているのでな」

「え？　ほんとに？」

男は民斎の前までやって来た。

「ああ、なにか大事なものは盗まれていないか？」

「盗まれたよ」

「なにを盗まれた？」

「いろいろだよ。そうか、盗難の相が出てるのか。どうしたら、いいかね？」

うまく乗って来た。

「方法はいろいろあるが、占うにはもう少し詳しい事情を知らねばならぬ。なにを盗まれたのじゃな？」

「絵の具」

「絵の具？」

「赤い絵の具だよ」

「赤一色だけ？」

「そう。それと、筆とかも」

「筆？　そなたは絵師か？」

「違うよ。あと、昨日の夜は、竹ひごが盗まれた」

「ははあ、凧《たこ》をつくっているのだな」

「違うって。易者さんにしちゃ、勘が悪いんじゃないのか」

男はにこりともせず言った。

「待て、待て。当ててやろう」

と、民斎は天眼鏡を男に向けた。

すると、男の顔から浮かんで来たものがある。顔相とかいうのではない。似《に》ていたのだ。そっくりなのだ。

「わかった。あんたによく似ているもの。ダルマだ。ダルマをつくっているんだろう」

「そう、当たりだ。おれ、そんなに似てるか？」

「そっくりだよ」

「毎日、ダルマの顔を描いているから、顔付きもダルマに似て来たんだな」

男は自分に納得させるように言った。

「そうかもな」

「とくに、おれたちがつくっているのは、〈喝《かつ》ダルマ〉と言って、怠《なま》け心を叱《しか》りつけるものなんだ」

「〈喝ダルマ〉……」

なんだか、恐ろしげである。

「怖いぜ。だが、一家に一つ置いておくだけで、家の者のたるんだ気持ちを追い払ってくれるんだぞ」

男は自慢げに言った。

「なるほど。赤い絵の具や竹ひごや筆は、ダルマをつくるのに要《い》るわけか」

「そう。でも、それが次々に盗まれて、おれたちはつくることができないでいるのさ」

「できあがったダルマではなく、材料だけを盗むのか？」

「そうだよ」

「下手人の当たりは？」

「怪しいのはいるが」

と、口を濁《にご》した。もちろん宅蔵のことだろう。

「証拠がないか」

「しかも、絵の具だの、竹ひごだのを盗んでも、たいして役にも立たないし、金にもならないだろう。妙な野郎がいるもんだ」

話をしてると、なんとなく訛りが宅蔵と似ている。

「どこから来たのかな？」

と、民斎は訊いた。

「おれかい？　伊豆だよ」

「伊豆から一人で?」

「いや、親戚中で出て来たんだが、まったくとんだ災難に遭《あ》ったもんだ」

男は怒りながら帰って行った。

四

長屋にもどると、高畠主水之介は鉢《はち》をいっぱい並べて、なにやら種をまいているところだった。

「精が出ますね」

と、民斎は声をかけた。

「うん。船のなかでも栽培できる野菜をつくろうと思ってな」

「ははあ」

「われらの生死を左右することだぞ」

「ところで、高畠さんは〈喝ダルマ〉ってご存知ですか?」

「ああ。このあいだ、深川を歩いていたら、法心寺《ほうしんじ》とかという寺の前で売っていたな。ずいぶん売れているようだったぞ」

「へえ」

「それがどうかしたか？」

「いや、別に」

どうも、たいした事件ではなさそうだが、妙に気になる。

民斎は、その法心寺に行ってみることにした。

法心寺は、霊巌寺《れいがんじ》の近くにあって、名刹《めいさつ》・霊巌寺に負けないくらい大きな寺だった。

その門前でダルマが売られているかと思ったが、見当たらない。

「ここで〈喝ダルマ〉というのを売っていると聞いたのだがな」

民斎は、門前で小間物屋をしている年寄りに訊いた。

「ああ、おれのところで売ってたんだけど、いまは売り切れだよ」

指差したあたりの棚《たな》には、なにも置かれていない。かなりたくさん置かれていたのが、ごそっと消えたという感じである。

張り紙があり、

「笑ってばかりじゃいられない」

という文句が書かれてあった。宅蔵に聞かせたいくらいである。

正月でもないのに、そんなにダルマが売れるものだろうか。

「凄《すご》い人気で、欲しいという人はひっきりなしに来るんだけど、肝心《かんじん》の〈喝ダルマ〉が伊豆から届かないんだ」

「伊豆から？」

「そう。伊豆にある、この法心寺の末寺で売っていたやつさ。あのあたりでは昔から人気があったんだけど、去年から江戸でも売り出したら、たいそうな人気になってさ。江戸っ子も、誰かに喝を入れてもらいたいと思ってたんだろうな」

「なるほど」

とうなずいたが、やはりなにかありそうである。

もしかしたら、あの長屋で〈喝ダルマ〉をつくっているというのは、秘密のことなのではないか。だから、材料を盗まれていても、町方に届けたりできずにいるのかもしれない。

「〈喝ダルマ〉をぜひ見てみたかったな」

民斎がそう言うと、

「売り切れかあ」

「見るだけなら見せてやるよ。おれも一つ持っているから」

と、奥に引っ込み、ダルマを持って出て来た。

「ほう」

よく育った西瓜《すいか》くらいの、けっこう大きなものである。

ふつうのダルマも怖い顔をしているが、これはそんなものではない。明らかに怒っている顔である。いまにも怒鳴《どな》り出しそうでもある。

「凄いね」

「喝を入れられた気分になるだろ」

「たしかに」

このダルマを毎日つくっていたら、そりゃあ顔もこんなふうになってくるかもしれない。

「一個、いくらだい？」

「二百五十文だよ」

「高いなあ」

「そりゃあ、その分、喝を入れてくれるから、これを買った奴は皆、働き者になるんだぜ」

「なるほど」

元は取れるのかもしれない。

それにしても、そんなに高く売れるのだったら、持てる数は少なくても、できあがったダルマを盗んだほうがいいのではないか。

宅蔵が下手人だとすると、あいつの目的は金ではないのかもしれない。

五

民斎は法心寺の境内《けいだい》に入ってみた。

本堂があり、よく手入れされた庭があり、その裏手が墓地らしい。

墓参りのような顔をして裏手に行くと、小坊主が掃除《そうじ》をしていた。

「ちと、訊きたいのだがな」

「なんでしょう？」

「法心寺の末寺で、〈喝ダルマ〉というのをつくっている伊豆の寺があるよな？」

「ああ、願城寺《がんじょうじ》です。わたしは、そこから修行に来ているんです」

「おう、そうなのか。願城寺は伊豆のどこらへんにあるんだい？」

「ずいぶん遠いです。伊豆のいちばん先端のほうです」

「ふうむ」

伊豆がどんなかたちか、あまり思い浮かばない。

「それでも、江戸からもけっこう参詣《さんけい》の客はあったんです。ただ、この五年前くらいから参詣客が減りましてね」

小坊主は情けなさそうな顔で言った。

「なにかあったのかい？」

「はい。じつは願城寺に行く手前の道を海のほうに行くと、白善寺《はくぜんじ》というお寺がありましてね、そこが〈喝ダルマ〉に対抗して、〈ニコニコくじら〉という縁起物を大々的に売り出したんです」

「〈ニコニコくじら〉！」

なんと、高畠主水之介が順斎にあげたやつではないか。

「願城寺と白善寺は、同じ宗旨なのですが、和尚さん同士で対抗意識があるみたいで」

「そりゃあ、よくある話だよ」

「〈ニコニコくじら〉自体は大昔からあったんですが、売り文句などをくっつけましてね」

「なんて？」

「怒られるより笑っているほうがいいぜっていうんです」

「なんだよ、〈喝ダルマ〉への当てつけじゃないか」

「そうなんです。でも、〈ニコニコくじら〉が人気になると、願城寺のほうに来ていた参拝客が、白善寺のほうに行くようになりましてね」

「いっきに客が減ったというわけか」

「はい。それで、去年あたりまでダルマ造りの人たちも元気がなかったのですが、去年、妙案を思いついた人がいましてね」

「妙案？」

「はい。その〈喝ダルマ〉を江戸で売るようにしたのです。すると、たちまち大人気です」

「ははあ」

「前の店に貼ってあった『笑ってばかりじゃいられない』という文句は、『怒られるより笑っているほうがいいぜ』に対抗したものだったわけか」

「どっちのお寺にも来てくれるといいんですが」

小坊主のほうが和尚より大人である。

「そうだよな」

「じつは、〈ニコニコくじら〉もなかなか可愛《かわい》いんですよ。あたしも一つ持ってるんです。でも、持っているとまずいから捨てなくちゃ」

「捨てるくらいなら、おじさんにくれよ」

「いいですよ」

小坊主は母屋《おもや》のほうに引き返し、すぐにもどると、木彫りの黒い人形を民斎に手渡した。たしかに、この前、高畠が順斎にあげたものと同じである。黒くて単純なかたちだが、くじらはちゃんと笑っている。

「じゃあ、こっちはお布施《ふせ》だ」

と、民斎は巾着《きんちゃく》から銭を適当につまんで渡し、もらった〈ニコニコくじら〉をたもとに入れた。

六

翌日も民斎は洲崎弁天社の門前に座った。

昼過ぎになって、宅蔵がやって来た。

「よう、宅蔵」

「ああ」

と、宅蔵はこの笑顔も、人形の影響なのだろう、くじらのように笑った。

「どうだい、もう疑われていないだろ?」

「いやあ、そんなことないね」

「だったら、お前が盗んでるんじゃないのか?」

からかうように言ったが、もう下手人は宅蔵だと確信している。

「なんでおれがそんなもの盗まなくちゃならないんだよ」

「わしには、お前とあそこの長屋の連中が、なにかで競い合っているように見えるのさ」

「なにかってなんだよ?」

「昨日、たまたまここにあの長屋の者が来たので、声をかけてみた」

「なんて?」

「盗難の相が出てるって。そしたら、じっさい盗まれていると言ったよ。赤い絵の具や竹ひご、筆などがな。それで、わしはそれがなんに使うものか、考えたんだ。すると、ダルマの顔が浮かんで来たよ」

「ふうん」

「しかも、そいつの顔をじいっと見ると、喝と叫ぶダルマの姿が見えたのさ」

「へえ」

「それで、お前の顔を見ると、それを盗もうとしている姿が見えるのさ」

「盗むだなんて、人聞きの悪いこと、言うなよ」

「なんで？」

「あいつらだって、町方に言わないいんだから、後ろめたいことがある。そういうのは、盗みとは言わないいんだ」

「じゃあ、なんだよ？」

「人助けだよ」

「あっはっは」

「嘘じゃないぞ。おれは、あいつらに仕事や銭を奪われる者の代表でここに来ているんだからな」

「〈喝ダルマ〉は願城寺という寺の縁起物だそうだな」

「そうだよ。それで、おれは白善寺の縁起物である〈ニコニコくじら〉をつくってきたのさ」

「白状しろ。盗んだだろ」

「だから、人助けだって」

盗みという言葉は使って欲しくないらしい。

「捨てたり、売り払ったりはしてないのか？」

「隠してあるだけだよ」

それも立派な盗みである。

「だが、しらばっくれていればいいのに、なぜ、わしのところに相談なんかしに来たんだ？」

「それは、ほんとにこのままどうなるのか、わからなくなったからだよ。こっちは、おれ一人、ここであれこれやらなくちゃならないんだから」

「不安になったわけか」

「わかってくれるだろう」

「わからぬこともないが、しかし、お前もこのまま盗みをつづけていると、まずいことになるぞ」

「それはそうだが、おれがいなくなると、あいつらはまた〈喝ダルマ〉をどんどんつくり始めるだろうし」

江戸でつくって売れば、白善寺の先回りをして、参拝客や信者を集めるということになるのだ。

すると今度は、〈ニコニコくじら〉の連中も江戸に出てくることになる。宅蔵はその準備なども考えなければならないのだろう。

どうやら、きりのない参拝客の奪い合いになりそうである。

「願城寺と白善寺、二寺で力を出し合って、大勢、来るようにできぬのか」

「なんせ、あのあたりは遠いし、ほかにも名所旧跡は多いし」

宅蔵も悩ましいところなのだろう。

民斎にしても、町方が介入するほどではないと思うが、しかし当人たちにとっては死活問題なのだ。もし、お白洲《しらす》に持ち込まれたりしても、裁《さば》きはかなり難しそうである。

「ううむ」

と、民斎も考え込んだとき、土手の道を駆けて来た男が、

「お、宅蔵、ここにいたのか」

「佐吉《さきち》！　おめえ、いつ来たんだ？」

「いま、来たばっかりだよ。おめえに報《しら》せることがあって来たんだ。大変だぞ」

「なんだ?」

「すぐに帰って来いや」

「だが、〈喝ダルマ〉が」

「そんなもの、もう、どうでもよくなった」

「なんで?」

「和尚さまに夢のお告げがあったんだ」

「夢のお告げ?」

「なんだか、山をも飲み込むくらいの、途方もない波が押し寄せてくるらしいぜ」

「え?」

「その波を抑え込むためのお経を、いまからひと月にわたってつづけるのだそうだ」

「そうなのか」

「しかも、夢のお告げは願城寺の和尚さんにもあったらしく、江戸に来ている連中を呼び返すらしい」

「へえ」

「だから、すぐ帰って来いや」

「わかった」

宅蔵はいったん駆けだしたが、すぐに振り返り、

「いまの話でわかったかい？」

「だいたいな。大波が来るかもしれないんだろ」

「白善寺の和尚さまのお告げは、よく当たるんだ。あんたも、あんまり海辺にはいないで、高台に行ったほうがいいぜ」

「だが、山をも飲み込むんだろうが」

「そうだな。だったら、易者さんも祈るしかないか」

宅蔵は本気で祈るつもりらしい。

いつもにやにや笑っていたので、宅蔵には逆に厳《きび》しい感情を持ってしまったが、危難を防ぐため真剣に祈ろうとするところは、立派な善意の持ち主なのだ。

「頼むぜ」

民斎は、駆けて行く宅蔵と佐吉の背中につぶやいた。

七

民斎は家に帰ると、白善寺の小坊主からもらった〈ニコニコくじら〉を取り出してみた。これがいま、自分の手のなかにあるというのは、なにかの因縁ではないか。

海難除《よ》けの縁起物。

もちろんこれは水に浮かべれば浮くのだろう。にこにこと楽しそうに。

だが、いまや、海難を本気で心配するときが迫っているのではないか。

このあいだの順斎と高畠の話でも、そんなことが話題になっていた。民斎は、あのときの二人の話を思い返していた。

「いよいよ、やって来るというのですな?」

順斎が、厳しい表情で高畠に訊いたのである。

「来ないわけがありません。この秋津洲《あきつしま》(日本国)は、そういう土地になっているのですから」

高畠は自信たっぷりで言った。

「となると、わが鬼堂家も、平田派だ波乗一族だ、黒潮派だと言っているときではない？」

「もちろんです。平田派も波乗一族も、もはや敵ではないのです」

「七、八百年ほど、敵として対峙《たいじ》して来たのだが」

「たかだか七、八百年がなんですか。悠久《ゆうきゅう》の時の流れと比べたら、七、八百年も一瞬の時の流れですぞ。そして、今度やって来る危機は、おそらく数万年に一度というもの。わたしは数多くの島に伝わる文献や伝説を考慮し、この結論に辿《たど》り着いたのです」

「ううむ」

「早く、争いを止めなさい」

「だが、波乗一族はすでに、秋津洲で覇権《はけん》を握ろうと動き出していて」

「駄目ですよ、そんなことをしていては」

高畠は頭を抱え、目の前の水晶玉を見た。

玉はできたての真珠《しんじゅ》のように、透明で美しい光を放っている。

「きれいだ」

「きれいです。この玉はおそらく、海底の深いところで生まれたのでしょう」

「そうなのか?」

「諸説あるのですが、龍神の玉とか、玉手箱などの伝説も、おそらくこの玉のこと。これが鬼堂家に伝わり、代々、鬼占いができる男を産《う》んできた。その意味もお考えになるべきです」

「では、鬼占いとは?」

「未曽有《みぞう》の危難に襲われるとき、鬼占いがなにかを告げてくれるのでしょう」

「それがいつ来るかは?」

「この玉が教えるのです」

あの玉には、そんなたいそうな力があったのか。

「もう少し知っておきたい」

と、順斎は言った。

「もう少しとは?」

「いまからやっておくべきことはあるはずだ」

「なるほど。わたしは、切支丹《きりしたん》のバイブルと呼ばれるものに、その手がかりがあるような気がします。それには、ノアという男が、あるとき天の声を聞き、巨大な船を建造する話が書かれています」

「巨大な船を？　なんのために？」

「ノアはそれをわからないまま、船をつくります。そして、ノアの家族と、あらゆる生きもののつがいを乗せるのです。すると、地上は途方もない雨に襲われ、あらゆる地面は水の底になってしまいます」

「そうだったのか」

「やがて、雨がやみ、水が引き、船から降り立ったノアの家族と生きものたちが、新しい歴史を創り直します。この話は本当にあったと言われています」

「それがまた起きると？」

「断言はできません。が、さまざまな伝説を並べて考えると、これに似たできごとがやって来るような気がしませんか」

「………」

順斎は絶句した。

民斎も同じだった。衝撃のあまり言葉がない。

なんと途方もない話なのか。

こんな話を真面目な顔で他人にしたら、気が触れたと思われるのがおちだろう。

八

民斎は外へ出てみた。

風が強かった。海のほうからの風で、潮《しお》の匂いがした。

——海を見に行ってみよう。

と、民斎は歩き出した。

「ほっほっほう」

福一郎がついて来るらしい。

「大丈夫か？　ついて来なくてもいいんだぞ」

と、民斎は上に向かって言った。

ふくろうはあまり海のほうへは行かない。だが、海辺の大名屋敷には樹木も多いので、福一郎が羽を休めるくらいのところはありそうである。

人けの少ない道を本願寺のわきからその裏手に回り、南飯田河岸《みなみいいだがし》と呼ばれるところで海辺に出た。

着物や袴《はかま》の裾《すそ》がなびいて、後ろに押されるくらいの強い風だった。福一郎を見ると、大きく旋回《せんかい》し、漁師小屋の屋根の上に留まったらしい。

雲はなく、月は十二夜のふくらみ出した月で、波頭の砕《くだ》け散る白さがよく見えていた。闇のなかで見る波の白さは、どこか穢《けが》れた感じがした。

この波がさらにふくらみ、人の高さどころか、本願寺の屋根すら越えて、江戸の町を破壊する。千代田のお城もその波を免《まぬが》れない。

かつて海は、江戸の高台のあたりまであったらしい。

主水之介の言っていた話は、たぶん本当だろう。だから、高台付近で大昔の人たちが食った貝の殻《から》が、いっぱい見つかるのだと。

海の底から採れたのではないかというあの玉は、いつか来るその日を本当に教えてくれるのだろうか。

宅蔵たちの祈りは通じるのだろうか。

もし、そうだとしたら、自分のする鬼占いは、なにを伝えるのだろう。

――やはり支度《したく》をしなければならない。

と、民斎は思った。

切支丹の伝説にある話は、一人の男の家族だけしか助けなかった。それとあらゆる生きものを一組のつがいだけ。

だが、それは冷酷というものではないか。民斎は大勢の江戸の民を救いたい。可能な限り巨大な船をつくり、そこにできるだけ多くの、老若男女と生きものを乗せなければならない。

鬼堂民斎はそんなことを思いながら、激しい潮風に吹かれつづけていた。

〈初出一覧〉

李朝のド壺　小説NON　二〇一五年四月号
犬の川柳　小説NON　二〇一五年五、六月号
お奉行を占う　小説NON　二〇一五年七、八月号
家紋屋とはなんだ　小説NON　二〇一五年九月号
犬の妻　小説NON　二〇一五年十月号
歯が黒い男　小説NON　二〇一五年十一、十二月号
笑う奴ほどよく盗む　書下ろし

笑う奴ほどよく盗む

一〇〇字書評

切り取り線

購買動機（新聞、雑誌名を記入するか、あるいは○をつけてください）	
□（　　　　　　　　　　　）	の広告を見て
□（　　　　　　　　　　　）	の書評を見て
□ 知人のすすめで	□ タイトルに惹かれて
□ カバーが良かったから	□ 内容が面白そうだから
□ 好きな作家だから	□ 好きな分野の本だから

・最近、最も感銘を受けた作品名をお書き下さい

・あなたのお好きな作家名をお書き下さい

・その他、ご要望がありましたらお書き下さい

住所	〒				
氏名		職業		年齢	
Eメール	※携帯には配信できません	新刊情報等のメール配信を 希望する・しない			

この本の感想を、編集部までお寄せいただけたらありがたく存じます。今後の企画の参考にさせていただきます。Eメールでも結構です。

いただいた「一〇〇字書評」は、新聞・雑誌等に紹介させていただくことがあります。その場合はお礼として特製図書カードを差し上げます。

前ページの原稿用紙に書評をお書きの上、切り取り、左記までお送り下さい。宛先の住所は不要です。

なお、ご記入いただいたお名前、ご住所等は、書評紹介の事前了解、謝礼のお届けのためだけに利用し、そのほかの目的のために利用することはありません。

〒一〇一－八七〇一
祥伝社文庫編集長　坂口芳和
電話　〇三（三二六五）二〇八〇

祥伝社ホームページの「ブックレビュー」からも、書き込めます。
http://www.shodensha.co.jp/bookreview/

祥伝社文庫

笑《わら》う奴《やつ》ほどよく盗《ぬす》む　占《うらな》い同心《どうしん》　鬼堂民斎《きどうみんさい》

平成28年 2月20日　初版第1刷発行

著　者　風野真知雄《かぜのまちお》
発行者　辻　浩明
発行所　祥伝社《しょうでんしゃ》
東京都千代田区神田神保町3-3
〒101-8701
電話　03（3265）2081（販売部）
電話　03（3265）2080（編集部）
電話　03（3265）3622（業務部）
http://www.shodensha.co.jp/

印刷所　堀内印刷
製本所　積信堂
カバーフォーマットデザイン　中原達治

 ISBN978-4-396-34180-0 C0193

祥伝社文庫の好評既刊

風野真知雄
われ、謙信なりせば 新装版

秀吉の死に天下を睨《にら》む家康。誰を叩き誰と組むか、脳裏によぎった男は上杉景勝と陪臣《ばいしん》・直江兼続だった。

風野真知雄
奇策

伊《だ》達《て》政宗《まさむね》軍二万。対するは老将率いる四千の兵。圧倒的不利の中、伊達軍を翻弄した「北の関ヶ原」とは!?

風野真知雄
罰《ばち》当て侍

赤穂浪士ただ一人の生き残り、寺坂吉右衛門。そんな彼の前に奇妙な事件が舞い込んだ。あの剣の冴えを再び……。

風野真知雄
水の城 新装版

名将も参謀もいない小城が石《いし》田《だ》三成《みつなり》軍と堂々渡り合う！　戦国史上類を見ない大攻防戦を描く異色時代小説。

宇江佐真理
おぅねぇすてぃ

文明開化の明治初期を駆け抜けた、若い男女の激しくも一途な恋……。著者、初の明治ロマン！

宇江佐真理
十日えびす 花嵐浮世困話

夫が急逝し、家を追い出された後添《のちぞ》えの八重《やえ》。実の親子のように仲のいいおみちと日本橋に引っ越したが……。

祥伝社文庫　今月の新刊

富樫倫太郎
生活安全課0《ゼロ》係　バタフライ
マンションに投げ込まれた大金の謎に異色の刑事が挑む！

南　英男
警視庁潜行捜査班　シャドー
監察官殺しの黒幕に、捜査のスペシャリストたちが肉薄！

内田康夫
氷雪の殺人
日本最北の名峰利尻山で起きた殺人に浅見光彦が挑む。

西村京太郎
狙われた寝台特急「さくら」
人気列車で殺害予告、消えた二億円、眠りの罠――。

安達　瑶
強欲　新・悪漢刑事《わるデカ》
女・酒・喧嘩上等。最低最悪刑事の帰還。掟破りの違法捜査！

風野真知雄
笑う奴ほどよく盗む　占い同心　鬼堂民斎
ズルもワルもお見通しの隠密易者が大活躍。人情時代推理。

喜安幸夫
闇奉行　影走り
情に厚い人宿の主は、奉行の弟!?　お上に代わり悪を断つ。

長谷川卓
戻り舟同心
六十八歳になっても、悪い奴は許さねえ。腕利き爺の事件帖。

佐伯泰英
完本　密命　巻之九　極意　御庭番《おにわばん》斬殺
遠く離れた江戸と九州で、父子に危機が降りかかる。

佐伯泰英
完本　密命　巻之十　遺恨《いこん》　影ノ剣
鹿島の米津寛兵衛が死んだ!?　江戸の剣術界に激震が走る。